これでも僕はご主人様？
Am I really your master?
小説 天戸祐輝
挿絵 大神ゆうき
ダブルメイドに板挟み

登場人物紹介

Characters

桜《さくら》朝《あさ》恵《え》莉《り》那《な》

晴樹の家にやって来た、金髪のツインテールが特徴のメイド。口が悪く晴樹にも罵詈雑言を浴びせることもしばしばだが、実は主人である晴樹のことをいつも気にかけている。

湖《こ》雛《ひな》藍《あい》香《か》

恵莉那とともに晴樹の家に来たメイド。普段は温厚だが、怒ると実力行使に出たりなど実は危険な性格。豊満なバストが特徴的。

崎《さき》元《もと》晴《はる》樹《き》

両親が祖父の家に引っ越したため、一人暮らしをすることになった少年。大資産家でもある祖父の命令でやって来たメイド二人に世話を焼かれることに。

一章　メイドが押しかけてきたっ⁉

『ふぇ、ふぇぇぇぇえ〜〜〜〜〜〜んっ』

――だ、大丈夫っ？

川に落ちて泣いている女の子に、慌てて手を差し出した。

周りには青々と茂った木々が立ち並び、少し歩いた先には、大きな屋敷が見える。

『ふぇええん、ぐすっ。ハルくんと初めて遊べたのに、お洋服、ビショビショになっちゃったよ〜〜〜〜っ』

自分と同じ十代前半らしい彼女が、水で透けた白いサマーワンピース姿で泣き続けている。しかし、どうしてなのか、彼女の顔だけが霧に包まれているようにぼやけ、よく見えない。

――そんなに泣かないでよ――ちゃん。おんぶしてあげるから。

『ほんと？』

自分で名前を言ったはずなのに、彼女の名前が分からない。

しかし、そんなことなど構わず、泣きやんだ彼女が背中におぶさってきた。

『おんぶ、してもらっちゃった』

――それじゃ、帰ろうよ。

嬉しそうに笑った彼女の体温を背中に感じながら、屋敷に向かって歩いていく。

『そ、そ……いえ……ね。あ……ゃんが、紅茶……用意し……って言……た』

——えっ？　なに？

『だか……。あ…………』

声が聞きづらくなり、後ろに耳を傾けながら聞き返した。しかし、そこから先はなにも聞こえなくなってしまい、目に見えるものすべてが白い霧に覆われてしまった。


「ふぅあ〜〜〜〜〜っ……」

まだ眠い目を擦りながら両手を伸ばし、ベッドから起き上がる。

が、まだ春先。少し寒さすら感じるので、また布団に潜り込んだ。

変な夢。というより、幼い頃の夢を見てしまった。

こんな意味不明な夢を見た原因、それは分かっている。

机の上に載せたまま封の開いてない、じいさんからの手紙が原因だ。

そうでなければ、昔一度だけ行ったことのある、資産家のじいさんの屋敷の景色なんて夢に見るわけがない。

「う〜、寒っ。変な夢で起きちまったし、気分直しにあと二時間くらい寝て……」

グゥウゥゥ……。

毛布を頭まで被り、二度寝を決め込もうとした矢先。腹の音が鳴り響いた。

「腹減った」

起きたばかりで食欲があるのは健康な証拠。

とはいっても、温かい布団からは出たくない。

空腹の加減から、寝てからかなり時間が経っていると思い時計を見てみれば、すでに昼過ぎ。窓から差し込んでくる光も朝日ではなく、ほとんど西日だ。

「起きるか……よしっ」

布団を勢いよく捲ってベッドから飛び出した。が、空気が冷たい。

「うう……とりあえず、まずは飯を」

身体をちぢこませながら部屋のドアを開け、階段の音を鳴らしてリビングに向かう。

しかし、こんな時間なのに、物音が何一つしない。

「なんで誰も……あっ」

居ないのだろう。と思いながらリビングに入り、というか、リビングの惨状を見て思い出した。

資産家のじいさんの命令で、両親ともに父親の実家の屋敷に引っ越して、今は一人暮らしだったのだ。

自由気ままな生活はいいが、カーテンを閉めきったままの薄暗いリビングには、大量のカップメンの容器が放置されたまま。

しかも、若干異臭が漂っている気がする。

「さすがに掃除しなけりゃダメか……」

よくテレビなんかで一人暮らしの部屋を見て、「こんな汚くなるわけねぇじゃんかよっ」などとツッコんでいたが、自分がその仲間になるとは思っていなかった。

「う〜〜〜、一応空気の入れ換えを」

掃除しなければとは思うのだが、まずは若干漂っているこの異臭をなんとかしなければならない。面倒だが、カーテンと大きな窓を開ける。

「うおっ！　寒い寒い寒いぃいいいっ！」

速攻で窓を閉めた。

起きたばかりで、この寒さは身体に毒だ。ちなみに、太陽の光で目も痛い。

「パ、パジャマのまま窓を開けるのは、みっともないしなっ」

と自分に言い訳をしながら、異臭を我慢する責任を着崩したパジャマの所為《せい》にした彼は、リビング隣の台所へ行き、水洗いしただけのカップにインスタントコーヒーを入れる。

「さて、何食おうかな……」

と言っても、自分で作るのは面倒くさいので、カップメンにやかんで沸かしたお湯を注ぐだけだ。しかも、そのインスタント食も残り少ない。

「今日は買出しに行かなきゃダメだな、はぁ〜〜っ……」

自分で口にしながらも、着替えることさえ面倒くさいので溜息。

じいさんの屋敷に引っ越した両親は、自分で食事を作ることもせずに専属料理人の美味《うま》い飯を食っているのだろうと思うだけで、腹が立ってくる。

「そういえば、夢の中の女の子って、なんだったんだろ？」

なんとなく夢が気になり、記憶を探ってみるが、まったく思い出すことができない。

「まっ、多分、親戚の娘かなんかだろな。じいさんの屋敷に住んでいたみたいだし」

勝手な理由をつけて納得。

資産家のじいさんの屋敷に住んでいる、跡継ぎの娘。そうでなければ、川まで流れていた庭を、自由気ままには遊べるはずがない。

「はぁ〜〜〜。いい加減、普通の料理が食いたくなってきた」

独り言を呟きながら、やかんで沸かしたお湯をカップメンに注ぎ紙蓋を閉める。

こんな生活になるのだったら、料理の一つくらい覚えておけばよかった。と、心の底から思ってしまう。

「はぁ〜〜〜〜……っ」

自分のダメさ加減に溜息を吐きながら、片手にお湯を注いだカップメンを持ち、もう一つの手にコーヒーを入れたカップを持ってリビングに向かう。が……。

「どこ座ろ……」

悩みどころだ。

ソファーの上には、昨日脱ぎっぱなしにした衣服が置かれ、その前のテーブルにはカップメンの空き容器の山。

親が一緒に住んでいた頃なら、間違いなく叱られる状況なのだが、今は関係ない。自堕落な生活なのだが、これはこれで楽な生活である。

しかし、カップメンやコーヒーを置くスペースがないというのは困りものだ。

「しゃあないな、これは」

ガサガサガサ……。

両手が塞がっているため、腕全体でテーブルを拭くように動かして邪魔なものを退かし落とし、コーヒーの入ったカップとカップメンを置いた。

「さ、飯だメシ」

三分経っているのか分からないが、お腹の空き具合が限界だ。

コーヒーを一口飲み、紙蓋を開けて湯気の立ち昇る麺を見た直後。あることに気づいた。

箸がない。

「たくっ、伸びちまうじゃんかよ」

自分が悪いのに、なぜか文句を言いつつ台所に向かい、流し台に放り込んでいた箸を水洗いしてリビングに戻る。

「さ、今度こそいただきま……」

ピンポーン。

箸で麺を掴み、バカみたいに大口を開けたタイミングを見計らったように、玄関のベルが鳴り響いた。

「……無視だ無視。麺が伸びる」

この家は留守ですよ。と心の中で言いつつ、再び大口を開けるが。

ピンポンピンポンピンポンピンポーン。

居留守がバレているように、連続で呼び鳴らされた。

「あ〜〜っ、分かった。今出るよっ！」

少しイラつきながら箸をテーブルに置き、玄関に向かう。

ピンポンピンポンピンポンピンポンッ！

向かっているんだから、連打はやめてほしい。

「はいはい、今開けるからっ」

ドアの向こうに聞こえるように話しかけ、やっとけたたましい連打がとまった。

ガチャ……。

「で、どなた……」

「ご奉仕させていただきに参りました」

ドアを開けたと同時に、言葉が出なくなった。

玄関の前に、同年代らしき二人の女の子が笑みを浮べて立っている。

一人は、大人びた輪郭に、どこか優雅さを感じさせる高い鼻。そして、見惚れてしまうほど整ったピンクルージュの唇が特徴的な女の子。

優しさを感じさせるヒスイ色の瞳は切れ長で、少し垂れ下がっている目尻が、なんとも

言えない色気を醸し出している。

赤い髪は、毛先がお尻に届くほど長く、どんな男でも振り向いてしまうほどの美少女だ。

そんな彼女の少し後ろに立っているもう一人の女の子は、少し幼さを感じさせるシャープな輪郭に、生意気さを感じさせる高い鼻。ルージュをつけてないにも拘わらず、健康的なピンクに輝く形のいい唇が魅力の女の子。

わずかに目尻のツリ上がった青い瞳は大きく、なんとなく猫を思わせる雰囲気だ。

ツインテールにした金色の髪は、その毛先をふくらはぎにまで届かせ、フワフワと風に靡かせて女の子の魅力を振り撒いていた。

「あの～～～、どちらさまで？」

ニコニコと笑顔を向ける二人の女の子に、首をかしげながら尋ねる。

自慢ではないが、こんな美少女二人に心当たりなどない。

しかも、生まれてからこの十数年間、彼女なんて一人も居ないのだ。この家に女の子が訪ねてくるだけで、意味もなく緊張してしまう。

「はじめまして、ご主人さま」

玄関を開けたまま、だらしないパジャマ姿で呆然とする彼に、大人びた美少女が笑顔のまま話しかけてきた。

「ご奉仕するために、ご主人さま。いいえ、崎元晴樹《さきもとはるき》さまの下に来させていただきました」

「……はぁあああああっ⁉」

丁寧にも、間違いがないというように名指しされたのだが、彼女たちがここに来た理由に、まったく心当たりがない。

しかし、『ご奉仕』という言葉は、今の彼女たちの姿に、ぴったりの言葉だとも言える。

二人は白いカチューシャに白いエプロン。ミニスカートでワンピース調の紺色の服を着ているのだ。

つまり、住宅街にはまったく不釣合いな、メイド服。

「え、えっと……」

目線を顔から下げ、彼女たちの身体を見て「新手の風俗」なのかもしれない。と、納得する。

大人びた美少女は、メイド服越しでも胸の大きさが分かり、まるでメロンを二個隠し持っているかのようだ。

腰もキュッとくびれて細く、お尻も魅惑的に膨らんで布を持ち上げている。

しかも、彼女の服はメイド服にしては、少し露出が多い。

時季的なものか、それとも機能優先にしているのかは分からないが、上半身は半袖で胸元が大きく開き、大きな柔房の谷間が完全に覗けている。

ミニスカートからは、黒いニーソックスに包まれた細い美脚が見え、『艶めかしい』という言葉を頭に思い浮かべてしまう。

「えっと、わたしもご奉仕にきたので、よろしくお願いします、ご主人さまっ」

目を大人びたメイドに奪われていたら、もう一人のメイド。金色のツインテールが特徴的な美少女が話しかけてきた。

「え、ああ……」

生意気そうな顔に照れ笑いを浮べる彼女に、どう応えればいいのか分からない。

大人びたメイドと違うが、彼女も魅力的だ。

細い身体は、モデルと見違えるほどスタイルがよく、肌の露出が少ないメイド服を、嫌味なほど着こなしている。

胸は、もう一人のメイドほど大きくないが胸元を丸く膨らませ、お尻はミニスカートの布を押し上げて、桃の形を浮き上がらせていた。

細い脚は白いニーソックスに包まれ、家事をこなすメイドとはとても思えない。

「そんなに、見なくたって……」

視線に気づいたのだろう。

ツインテールのメイドが急に恥ずかしがった。のだが、その姿がどこか喜んでいるようにも見える。

「えっと、ごめん。でも、僕そういう女の子を頼んだ覚えは……」

「違います」

言い終わる前に否定された。しかも、長い赤髪メイドの目尻が若干引き攣り、一瞬だが彼女の周りの空間が、蜃気楼にでもなったように揺らいで見えた。

「変なこと考えないでください、ご主人さま」

「ご、ごめんなさい」

妙な威圧感に、自然とあやまってしまう。

大人びたメイドの後ろでは、もう一人のメイドがモジモジと指を絡ませ、上目遣いで晴樹を見つめていた。

「私たちは、家事などをするメイドです」

「家事などって……ああっ」

なんとなく納得。

つまりは、風俗でもなければカフェの店員でもない、普通のメイドということだ。が、そんなメイドを頼んだ覚えは、なおさらない。

「僕、そういうの頼んでないから……」

「ちょっと、閉めないでよっ」

関係ないのでドアを閉めようとしたのだが、ツインテールメイドに阻止された。

「おじい様。いえ、ご頭首さまからの手紙を読んでおられないのですか？」

まるで状況を理解しない晴樹を言い聞かすように、大人びたメイドが話しかけてくる。

「手紙って、机の上に置きっぱなしだけど……」

あの手紙がそんなに重要なものだったのか、と思いながら呟く。

「読んでおられないようですね。あの手紙には、ご主人さま、晴樹さまの生活を助けるために二人のメイドを送ると書かれているのです。ですから、今日から私たち、ここに住まわせていただきます」

「はぁあぁあぁあっ⁉」

話が唐突すぎて、完全に理解を超えている。

しかし、せっかく手に入れた自由気ままな生活を捨てることなどできないので、とりあえず……。

「あ、その……いいから。一人で生活できるから帰ってくれる？」

「冗談ではありませんっ！　将来のご頭首さまを、お一人で生活させるなど考えられませんっ」

驚いたようにヒスイ色の瞳を見開いた大人びたメイドが、「拒否は許しません」とばかりに、閉めようとしたドアのノブに手をかけてきた。

しかも、彼女はそのままドアごと晴樹を引っ張り、笑顔を崩さす玄関に足を踏み入れてくる。

「私、湖雛藍香《こひなあいか》と申します。これから、精一杯ご主人さまにご奉仕させていただきますので、よろしくお願いいたします」

「ちょっ、ちょっと待っ、それに、ご頭首って……」

とめる間もない。名前を教えてくれた大人びたメイド、藍香は女性とは思えない力で晴樹を押し退け、長い赤髪を靡かせながら勝手にリビングへと向かっていく。

「な、なんなんだ一体……」

壁に背中をつけたまま振り向き、今度は玄関前に佇んでいる金髪ツインテールのメイドを見る。

「は……」

「え、え〜〜と、はじめまして……」

黙って晴樹と藍香のやり取りを見ていた彼女と同時に口を開き、バツの悪さを感じながらも挨拶をした途端。今までなにかを期待しているように彼を見ていた金髪メイドの顔が急に強張り、青い瞳をツリ上げて睨んできた。

「は、はじめましてって……。わっ、わたしは桜朝恵莉那《さくらあさえりな》っ。これからわたしが面倒をみてあげるんだから、ちゃんとしてよねっ」

なぜか、彼女が急に身体をプルプルと震わせ始めた。

上目遣いで彼を見つめていた瞳は怒りの色に染まり、「フンっ」と鼻を鳴らしながら藍香を追ってリビングに向かっていく。

「な、なんなんだ？　本当に……」

もう何がなんだか、わけが分からない。

まるで知らない土地に、いきなり放り込まれたような気分だ。

いきなりメイドが二人も押しかけてきて、勝手にリビングに……。

「ヤ、ヤバっ。リビングは……」

とても他人を招き入れられるような状態ではない。

手遅れだと分かってはいるが、慌てて彼女たちのあとを追う。

「あ、あのっ、ここはちょっと……」

「きゃっ⁉︎」

ふにゅ……ドタッ！

足をもつれさせながらリビングに入った直後。柔らかい物体にぶつかり、散らかり放題になった床に倒れ込んでしまった。

「いった～～～……くない？」

自分で言いながらも、ぶつけた頭になんの衝撃もなかったことに驚く。

なにか、ムチムチと柔らかくてしっとりとした物体が晴樹の顔全体を包み、硬い床から守ってくれている。しかも、少し甘ったるい香りが鼻腔をくすぐり、ムチムチとしたものに触れた両頬から、安心感を覚えるような温かさが伝わってきた。

「な、なんだこれ……」

なぜか目の前が暗く、確かめるように掌を上下左右に動かして、頬に触れていたお餅のように柔らかい物体の正体を探る。

「ふぁっ……」

掌を動かし、より温かい上方へと向かわせた直後。頭上から変な声が聞こえ、両頬を包んでくれている柔らかい物体が、ピクピクと動いて顔を締め付けてくる。

「ど、どこに顔をっ」

嫌な予感を覚えながら顔を上げると、頭から布がずれ落ちる感触とともに、白い三角形の布と透明感が漂う太腿。そして、細い脚を包む白いニーソックスが見えた。

「まさか……」

悪い予感の的中に冷や汗を流し、さらに顔を上げてみれば、床に尻餅をついたままミニスカートを捲り上がらせ、幼さの残る美貌を真っ赤にさせて晴樹を睨むツインテールメイドがそこに居た。

「い、いつまでそんなところに居るのよっ、変態っ」

「ご、ごめんっ」

慌てて起き上がってあやまる。が、簡単には許してくれそうもない。

非難タップリの視線で睨まれたまま、

「セクハラだわっ、いきなりスカートの中に顔を……。破廉恥っ、バカっ、エロ変態っ」

と、ブツブツと聞こえる声量で文句を言いながら、彼女がミニスカートを直し始めた。

「あらあら、いきなりメイドに発情するなんて」

「は、発情ってっ⁉」

ニコニコと優しげな笑みを浮べたまま非難する藍香に、しどろもどろになって弁解しようとする。

しようとしたのだが、初めて女の子の太腿に顔を挟み、間近でショーツを覗いてしまったのだ。

脳裏には白い下着と、そこに浮き出てていたふっくらとした女肉と縦皺。そして、桃尻の形を完全に焼き付けてしまっている。

しかも、下着を見てしまった恵莉那は、その幼さの残る美貌を真っ赤にさせたままスカートをギュッと押さえ、非難タップリの視線で彼を睨み続けていた。

「否定しようとしても、顔が赤いですよ」

「いやっ、これはその……」

完全に見透かされているようだ。

「でも、男の子なのですから、仕方のないことですよね。それよりも……」

理解があるのかどうかは定かではないが、突然、長い赤髪を揺らしてリビングを見た彼女に、

「これ、一体なんですか？」

優しげな口調のまま目尻を引き攣らせ、リビングの惨状を尋ねられた。

「これは、えっと……」

説明しようもない。

食べ終わったただのカップ容器の山と、大量の洗濯物だ。

「片付けてください、ご主人さま」

晴樹の答えを聞くまでもなく、赤髪のメイドがニコニコと話しかけてくる。しかも、こ

の空間に我慢できないことを物語るように、彼女の笑顔がどんどん引き攣っていく。

「え、う、うん。とりあえず、飯を食ってから……」

「今すぐ片付けてください。人の上に立つものとして、自分の家も管理できなくてどうするのですか？」

　腹も減っているので、伸び始めているであろうカップメンを食べてから……と思ったのだが、大人びた彼女の周りの空間が、蜃気楼のように揺らぎ始めた。

「う、うん。片付けるけど、まずは飯……」

「片付けないのですか……っ」

　ニコニコ。

　もう飯を食べられる状況でもないようだ。藍香の周りで揺らいでいた空間が、怒りを表すように歪んでいく。

「私たちも手伝いますので、ここを片付けて掃除して、人が住める環境にしてください、ご主人さま」

　ニコニコ。ゴゴゴゴゴ……。

　なにかが揺れ軋む音まで聞こえ始めた晴樹は、最初から自分に拒否権がなかったことに気づかされてしまった。

二章　そんなことまでしなくてもっ!?

学園で一日の授業を終えて帰宅しているのだが、なんとなく足が重い。

昨日、突然押しかけてきたメイド二人とともに、散らかり放題になっていた家の掃除と洗濯をしたのだが、進んでやったというよりは、やらされたという感じだった。

ある程度片付き、おそらく両親が引っ越したとき以上の整理整頓ができて「このくらいで」と何度も終わらせようとしたのだが、長い赤髪を揺らす藍香は、

「塵一つ落ちてないところでなければ、ご主人さまの健康を損ねてしまいます」

と夜中になるまで、本当に塵一つなくなるまで掃除をさせられたのだ。

常に笑顔でしっかりと物事をこなす藍香なのだが、怒ったときのあの威圧感には、一生逆らえそうにない。

「僕、一応主人のはずなのに……」

しかし、そもそも昨日まで、メイドに面倒をみてもらったことすらないのだ。彼女たちにどう接していいのか分からないのも、当然だとも言える。

「しっかし、なんで僕が……」

メイドのこともそうだが、彼女たちが自分のところにきた理由に頭が痛い。

この十数年の人生の中で、たった数回しか会ってないから分からなかったのだが、どう

やら資産家のじいさんの親族は、晴樹と父親しか居なかったらしいのだ。

そして、面倒くさい頭首の座につきたくなかった父親が、屋敷に住んでじいさんの手伝いをする代わりに、責任逃れをしたらしい。

その所為で、残った晴樹の名前が次期頭首に挙がってしまったらしいのだが……。

「まっ、そんなこと考えても仕方ないし、家も昨日の掃除で綺麗になったから、今日は僕がなにかをすることはないだろ」

楽観的に考えながら家近くの角を曲がると、昨日掃除したばかりの家の前から、建築関係のトラックが走り去っていくのが見えた。

「？　なんで僕んちから」

昨日掃除したときにも、家に壊れている箇所など見つからなかったはず。ならば、どうして家の前にトラックがあったのだろうか。

「まあ、いいか」

別に考えても仕方がない。

なんとなく気になりながらも家の門扉《もんぴ》を開け、玄関のドアを開けて中に入ると。

「え、なに？　もう帰ってきたの。別に帰ってこなくてもよかったのに……」

「うわっ⁉」

金色のツインテールを揺らす恵莉那に、いきなり不機嫌な口調で出迎えられてしまった。

どうして自分に対してこんなに冷たいのか、理由すら聞く間もない。

しかも、彼女は同い年で、明日から学園に転入してくると昨日聞かされた。

同級生。そう思うだけで、気が重い。

「え、えっと、ただいま」

今にも「ふんっ」と鼻を鳴らしそうな彼女に一言。

「な、なによっ。わたしの顔をそんなに見ちゃって。もしかして、わたしの裸でも想像してるんじゃないの、変態っ」

挨拶を後悔したのは、生まれて初めてだ。

そんなに、と言われるほど見てはいないのに、勝手な理由で思いっきり変態扱いされた。

この家に来たときからの彼女の性格を考えれば、納得できなくもない態度なのだが、そんなことよりも。

「あのさ、もう少し優しい出迎え方ってできないのかな。まるで、迎えられてな……」

「できないわよっ。フンっ、だ」

言い終わる前に、本当に鼻を鳴らして踵《きびす》を返された。

「はぁ～～～っ……」

なにか、すごく疲れた気がする。

「いつまでも玄関に立ってないで、早く入ってきたら」

「はい……」

主従逆転しているような気もするが、もうどうだっていい。

彼女の言っていることも、もっともだ。こんなところに、いつまでも立っていられない。それに、昨日は寝るのが遅かったため、今日は少しでも早く休みたい気分である。

「とりあえずソファーにでも座ってコーヒーでも……」

溜息をもう一つ吐きながらリビングに入った。のだが、思わず言葉を失ってしまった。

リビングが、今朝見たときと変わっている。

あったはずの物入れも、小さな戸棚や収納家具すべてがない。しかも、壁や天井の色まで、白一色に統一されていた。

テレビとソファーとテーブルは一応あるのだが、それも今朝のものとは別物だ。

「こ、これは一体……」

誰が、この状況で別の言葉を言えるのだろう。

「あっ、お帰りなさいませ、ご主人さま」

あまりのことに鞄を落として呆然とする晴樹に、藍香が優しげな笑顔で話しかけてきた。

大人びた美貌に、優しげな態度。

昨日年齢を聞いたときに、「一つだけ、ご主人さまよりも年上です」と言われたのだが、思わず耳を疑ってしまった。

あまりにも大人びていたため、もっと上だと思っていたのだが、そんな彼の態度に気づいた彼女が、一瞬身体の周りの空間を揺らがせたのは言うまでもない。

しかし、今はそんなことよりも、この家の変化を聞きたい。

「あ、あの、藍香さん。これはどういう」

「はい、業者をお呼びして、リビングと私たちが住む部屋、あとキッチンをリフォームさせていただきました。これで、本日からちゃんとご奉仕させていただくことができます」

「リフォームって……」

たった数時間で。という疑問も残るが、多分尋ねたところで、ニコニコ笑顔で流されてしまうに違いない。

このリビングを見る限り、本当にリフォームされているのは間違いないだろう。

本当に、どんな業者を呼んだのか、それだけでも聞き出したい気分だ。

未来から来た猫型ロボット以外、物理的に不可能な気がする。

「えっと……、ま、とりあえず飲み物でも」

インスタントコーヒーを淹れるのも面倒になってきたので、冷蔵庫に入れていた牛乳を飲もうとキッチンに向かう。

「本当に変わってる……」

分かっていたつもりだったが、やはり呆れる。

晴樹の家のキッチンは、ごく普通の、一般家庭にある台所となんら変わらなかったはずだ。なのに、今日は小型ながらも、料理店の厨房に変わっている。

「冷蔵庫は……」

慣れてないキッチンに足を踏み入れ、業務用らしき冷蔵庫を見つけて開けようとしたが。

「ご主人さまは、ここには入ってはいけません」

優しい声と同時に、藍香に手を握られてとめられた。

「食事を作るキッチンは、ご主人さまには不要な場所です。なにか欲しいものがあれば、私たちがお出しします」

ニコニコと笑みを崩さない彼女が、晴樹の横を通って前に立ちはだかり、「ここから出てください」とばかりの威圧感を放ってきた。

昨日の言動で分かる。こうなるとなにを言ってもムダだ。

「それじゃあ、コーヒーでも」

「申し訳ありません、コーヒーはありません」

「へ？」

昨日インスタントコーヒーを飲んだときには、確かに半分ほど残っていたはずだ。なので、とりあえずそのことを聞いてみる。

「でも、インスタントが……」

「インスタントをご主人さまにお出しするなんて、メイドとしてできません。一週間以内に、コーヒーミルとコーヒーメーカーを用意いたしますので、それまで我慢していただけますか？」

「は、はい……」

こう言われたら我慢するしかない。

「でも、コーヒーはありませんが、紅茶セットならご用意してありますので、すぐにお出しすることができますよ」

「そ、それじゃあ、紅茶をお願いします」

「はい」

笑顔で藍香がキッチンに入り、晴樹が入れないように昨日までなかったドアを閉めた。

「なんか、疲れる……」

一人で住んでいたときの方が、はるかに気が楽だ。

そんな風に思いながらキッチン前で溜息をついていると、

「邪魔だから、ソファーにでも座りなさいよ」

不満ありげな恵莉那が、後ろから座ることを勧め……命令してきた。

「はぁ～～～～っ……」

「なによ、面倒みてあげてるのに、溜息なんて吐いて」

せめてその口調だけでもやめてくれると嬉しいのだが、言ったところでムダだろう。

「恵莉那。ご主人さまにそんな態度をして、どうするんですか」

なにもしてないのに責められている晴樹を見かね、藍香がツインテールメイドに注意しながらキッチンから出てきた。

「紅茶の用意ができました、ご主人さま」

人を和ます笑みに、少し救われた気もするが、それよりも気になることが一つ。

「紅茶は、ちゃんとしたのがあるんだ」

「はい」

彼女がテーブルに置いた紅茶セットに、なにからツッコんでいいのだろうか。

コーヒーはないのに、どうして紅茶があるのか分からない。

それに、紅茶ポットに高そうな茶葉。茶葉が落ちないようにする持ち手の長い茶こし。

お菓子を載せた三重の皿。

ティーカップこそ家にはあったが、その他はすべてなかったものだ。

「美味しいんですよ、この紅茶は」

「そ、そうな……っ⁉」

嬉しそうに紅茶をカップに注ぐ彼女の姿を見てみれば、広がったメイド服の胸元から、黒い下着に包まれている肉果実が呼吸に併せて揺れているのが見えた。

しかも、艶めかしく光を反射させる白い乳肌が、今にも下着から零れそうになっている。

「どうかなさいました？」

「どうって、えっと……」

こんなとき、どう答えればいいのか「誰か教えてくれ」と叫びたい気分だ。

それに、彼女は見られていることに気づいているように頬を染め、紅茶をカップに注ぎ終えたにもかかわらず、屈めた腰を元に戻そうとはしない。

どんな男でも、対応に困るに違いない。少なくとも、晴樹には絶対に対応できない状況だった。

「どこを見てるのよ、変態」

ソファー横に立つ恵莉那に蔑むような目で睨まれるが、なにも言い返すことができない。

変態じみた行為なのは確かである。

「ご主人さまに、またそんな言葉遣いをして……。ですが、あまり女性の胸を見るのは失礼すぎますよ、ご主人さま。でも、恵莉那の貧相な胸ではなくて、私の胸でしたら見てしまうのは仕方ありませんわ」

「ひ、貧相って……っ」

屈んでいた細腰を戻した藍香が、優しげな笑みで胸を見ていたことを許してくれた。が、横に居るもう一人のメイドの顔が、急激に怖くなっていく。

「これ、食べてもいいのかな？」

「好きにすればいいじゃないっ」

なんとか話題を変えようと、塔のような皿に置かれたショコラケーキを指差して訊くと、怒っていた恵莉那が慌てるように答えてきた。

「それでは、お取りいたしますね」

「ありがとう」

藍香がお皿に載せてくれたショコラケーキを、フォークで切って一口。

「うまっ」

口に入れた途端、ほのかに甘くて蕩けるような食感が口腔に広がってきた。

「な、なんだこれ。どこで買って来たのこれっ」

「ご主人さま、そんなに慌てて食べなくても」

長い赤髪を揺らすメイドに注意されるが、マナーもなく手で持って食べてしまう。

それほどまでに、このケーキは美味い。

「な、なによ。そんなに褒められても、嬉しくないんだからっ」

少し口元を緩めたツインテールメイドが、モジモジと指を絡めながら、いつもの口調で話しかけてきた。

「え？　これ恵莉那さんが作ったの？」

「そ、そうよ。そんなに美味しいなら、また作ってあげるんだから、喉なんかに詰まらせないでよね」

思わぬ才能だ。

「クスクス。素直に喜べばいいのに」

頬を染めながら照れるツインテールメイドに、藍香が鈴の鳴るような声で笑っている。

同性から見ても可愛らしい姿なのだろう。

「あ、それとご主人さま。私たちを『さん』付けで呼んでくださるのは嬉しいのですが、私たちのことは、藍香、恵莉那と、呼び捨てになさってください」

確かに、彼女たちのことは「さん」付けで呼んでいるが、優しさからではなく、単に怖さを感じているから。なのだが、それを言ったら間違いなく怒られるので、言わないことにしておく。

ズズ……。

ショコラケーキを食べ終わり、紅茶を飲んだが、これもめちゃくちゃ美味い。

普通の紅茶なら、甘いもののあとに飲めば苦さが際立ってしまうはずなのに、ほのかに甘さすら感じる、
しかも、口の中に残ったケーキの油を綺麗に洗い流してくれて、食べる前よりも口腔がサッパリしている気分だ。

「ふ～～～っ。すごい美味しかった」

「クス、嬉しいです。ご主人さまが喜んでくれて」

「わたしの作ったケーキを半分も食べちゃうなんて、お、お粗末様でしたっ」

決して粗末なんかではなく、今までで一番上等のケーキと紅茶だったが、ツインテールメイドは少し嬉しそうに笑みを浮かべながら、食器を片付け始めてくれた。

「それじゃ……」

ケーキと紅茶で腹も膨れれば、当然生理的な現象が起こってくる。

息を一つ吐き、学園制服の赤いブレザーを脱ぎながらソファーから立ち上がり、トイレに向かおうとした晴樹だが。

「どこに行かれるのですか？」

まるで、ブレザーを脱ぐタイミングを知っていたような仕種で制服を受け取ってくれた藍香が、ニコニコと声をかけてきた。

「ちょっとトイレに……」

なんとなく気恥ずかしさを感じながら話し、彼女をあとにしてトイレに向かっていくと。

「お手伝いします」

あっという間にブレザーを綺麗に畳んだ大人びたメイドが、長い赤髪を揺らしながらついてくる。

「て、手伝うってっ⁉　僕はトイレに行くだけだから……」

「はい、分かっています」

なにも手伝ってもらうことはない。

しかし、彼女は理解してくれてないのだろう。ピッタリと晴樹の後ろを歩き、トイレの前にまでついてきた。

ここまでついて来られれば分かる。彼女はトイレ自体、つまり放尿まで手伝おうとしているのだ。

「あの、一人でできるから。藍香さ……藍香はリビングに戻ってて」

さっき言われたことを思い出し、彼女を呼び捨てにして話しかけてみるが、

「いいえ、お手伝いさせていただきます。それに、そんなに我慢していると、お身体に悪いですよ」

「のわぁあああっ！　な、なにをして……」

トイレに来たのに、まったく入ろうとしない晴樹を見かねた藍香が、いきなり彼の前で跪き、紺色の制服ズボンのベルトに細指をかけてきた。

「なにって、ベルトを緩めて、あ、アレを出して差し上げないと……」

さすがに「ペニス」と口にするのは恥ずかしかったのだろう。珍しく頬を染めた彼女が、迷うことなくベルトを緩めていく。

「こ、子供じゃないんだから、トイレぐらい一人でさせてよっ。も、漏れちゃうっ」

さすがに我慢の限界だ。

「お願いだから、トイレは一人で……」

「なに騒いでんのよっ」

トイレ前での物音を聞きつけた恵莉那が、リビングから顔を出してきた。

が、晴樹と藍香はとんでもない体勢になっている。

腰を引いて立つ彼の前には、跪いた大人びたメイド。しかも、彼女がベルトを緩めた所為で、今にもズボンが床に落ちそうな状態だった。

「な、なにをさせようとしているのよっ。ト、トイレを手伝わせようとするなんてっ！」

幼さの残る美貌を真っ赤にさせた彼女が、唇をワナワナと震わせながら怒ってきた。しかも、ご主人さまの頬を叩こうと、掌がゆっくりと上がっていく。

「ぼ、僕が頼んだわけじゃ……」

「そうよ恵莉那。私が手伝って差し上げようと……」

言い返した晴樹に続き、藍香が振り返ってツインテールメイドに話しかけた。

(今しかないっ)

「ごめん、藍香っ」

一人でトイレには入るチャンスはこのタイミングしかない。そう確信した晴樹は、強引に彼女から離れてトイレのドアを開け、急いで中に飛び込んだ。

「ご、ご主人さまっ」

鍵をかけたドアの向こうから赤髪メイドの声が聞こえる。だが、そんなことを気にしてられない。

晴樹は脂汗を流しながらズボンからペニスを取り出し、やっと気を抜くことができた。

「トイレにまでメイドを連れ込もうとするなんて、変態だわっ。エロバカっ、女好きっ、セクハラ悪魔ぁあぁあぁあぁああああああっ！」

(僕の所為じゃないのに……)

ドアの外で牙を剥き出しているであろう恵莉那の顔を思い浮かべながらも、晴樹はその言葉が心に突き刺さり、深い傷跡を刻まれてしまった。

※

「ふあ〜〜〜〜っ。やっと一人になれた……」

恵莉那と藍香が二人で作ってくれた食事を食べ終わった晴樹は、やっと自分の部屋に戻り、使い慣れたベッドで仰向けに寝転がっていた。

トイレでの一悶着もそうだが、メイドがどんな存在なのか理解に苦しむ。

用を足し終えたあと、手伝えなかった不服を言ってきた藍香だが、数十分に及ぶ説得にやっと理解を示してくれたらしく、なんとか一人でトイレに入るのを了承してくれた。

ある種の性癖の人なら喜んで手伝ってもらうのだろうが、生憎、晴樹はそんな趣味を持ち合わせてはいない。

「トイレもだけど、アレもさすがに困るよな……」

などと、トイレ事件のことは脳の片隅に押し込め、夕食のときのことを思い出す。

さすがに、資産家のじいさんの家で働いていたメイドだけあって、二人とも抜群に美味しい料理を作ってくれた。

しかし、よかったのはそれまで。問題は、その料理を一人で食べていたことだ。

屋敷でもなく、普通の一軒家なのだから、座って一緒に食事を取るだろうと思っていたのが甘かった。

彼女たちは、リビングで食事をしている最中、ずっとソファーの横に立って給仕をしてくれたのだ。

メイドなのだから当然のことなのだろうが、さすがにそれでは食べづらいので、「座って一緒に食べたら？」と誘ったのだが、

「とんでもありません。ご主人さまと同じ席で食事をするなど、私どもには失礼すぎてで

きないことです」

と藍香に注意されてしまった。

美味しい食事だったのに、あれでは食べた気がしない。

「はぁ〜〜〜〜……、頼めば、メシくらい一緒に食べてくれるのかな？」

溜息を吐きながら、そんなことを考えてみるが、おそらくしてくれないだろう。

コンコン。

少しでも楽しい食事をしたい、などと考えていた最中。いきなり部屋のドアがノックされ、軽い音が部屋に響いた。

「ご主人さま、お風呂が沸いたから入ってもいいわよ」

ドアを開けもせず、それだけ喋った恵莉那は、そのままトントンと階段を下りていく。

「僕、あいつになにかしたか？」

彼女の不機嫌の理由に、まったく心当たりがないが、お風呂の用意をしてくれたのはありがたい。

身心の疲れを取るためにも、湯船に浸かって全身の力を抜きたい心境だった晴樹は、さっそく部屋から出て一階に向かい、バスルームのドアを開けて脱衣所に入った。

「おっ。着替えまで」

なんとなく感激してしまう。

脱衣所には台が置かれ、着替えがすべて用意されている。

これをあの不機嫌なツインテールメイドがしてくれたと思うだけで、嬉しさが込み上げてくる。

「風呂～風呂～♪　っと」

意味もなく口ずさみ、かけ湯を浴びて軽く身体を洗い、湯船に飛び込む。

ザザ～～っと溢れていくお湯。日本人に生まれてよかったと、心のそこから思う。

ガサガサ……。

「ん？」

湯船に浸かって一息ついていると、誰も居ないはずの脱衣所から物音が聞こえてきた。

「なんだ？」

不思議に思いながら磨りガラスを見てみれば、とんでもない光景がそこに映っていた。

紺色の衣服から、ゆっくりと肌色をした人の形が現れてくる光景。しかも、見えづらいガラス越しだというのに、細いスタイルながらも、出るところが思いっきり出ているのがはっきりと分かる。

「ななな

なっ⁉」

驚きすぎて、言葉が続かない。

脱衣所に居るのは間違いなくメイド。しかも、ヒラヒラと揺れる長い赤髪が判別できることから確実に、大人びたメイドの藍香だ。

考えてもみれば、トイレにすら一緒に入ってこようとした彼女だ。こうなることも予想するべきだった。

　などと、冷静に考えている場合ではない。

　磨りガラス越しに見える肢体は、大玉のメロンほどはあるであろう大きな胸と、魅惑的に膨らんだお尻から黒い下着を外し。黒いニーソックスを細脚から脱いで、白いタオルを手に取っている。

　女性経験のない男子にとっては、とてつもなく刺激的な姿なのだが、それは脳裏に焼き付けてあとでリピートすればいい。

　今は、この状況をなんとかしなければならない。

「あ、あのっ。藍香、そこでなにをやって……」

　訊かなくても分かることだが、言わずにはいられなかった。

「失礼します」

　しかし、遅かったらしい。

　ガチャッとドアが開けられる音とともに、タオルを肢体に巻いた彼女が、お風呂場に入ってきてしまった。

「お背中をお流しします、ご主人さま」

　さすがにタオル姿は恥ずかしいらしく、少し頬を染めた笑顔で話しかけられた。が、その笑顔がいつもとは少し違う。

　突然の混浴に困る彼を見て、まるで喜んでいるような笑顔だ。

しかも、バスタオルで隠しているとはいえ、大きな肉果実にはタオル地が喰い込み。艶めかしい色気を醸している太腿では、タオルの合わせ目がヒラヒラしている。

「湯船から出てくださいい、ご主人さま」

「えっ⁉　い、いいよ背中なんて。さっき自分で洗ったから」

「ご自分でなんてダメです。洗い残しがあるかもしれませんっ」

湯船から出たくない理由は別にあるので断わったのだが、藍香の瞳がそれを許さないとばかりに真っ直ぐ見つめてくる。

こうなった彼女に逆らえる気がしない。

なるべく下半身に意識が向かないようにしながら、晴樹は股間を両手で隠したまま湯船から身体を出し、彼女が差し出してくれた洗い椅子に腰を下ろした。

「痛かったら、言ってください」

「え、ああ……ぬぁあああっ⁉」

スポンジにボディーソープを染み込ませた藍香が、優しく背中に触れてきた瞬間。思わず声が出てしまった。

「痛かったですか？」

「ち、違うよ。全然痛くなんて、むしろ気持ちいいほどで……」

「クス、喜んでもらえて嬉しいです」

背中にスポンジが当てられる感触に、再び「うぉおおっ」と声が出そうになったが、慌

てて呑み込む。

　さっき自分で身体を洗ったスポンジと同じはずなのに、ザラザラとした感触がまったくしない。ボディーソープが泡立てられ、まるで羽毛で撫でられているような感触だ。

　スポンジとは思えない柔らかさで背中を洗われるが、彼女の手が肩から背中、背中からお尻へと動かされるだけで、全身に焦燥的なくすぐったさが走っていく。

「ぬぅひょへはっ⁉」

　くすぐったすぎて、もう声にすらならない。

　コシュコシュと背中を洗う泡の音が鳴る度に背筋が強烈にくすぐったくなり、自然と身体が小刻みしてしまう。

（こういう風俗とかいったら、こんな感じなのかも……のわっ⁉）

　そんなことを思いながら目の前にあった鏡を見てしまった直後。思わず声が出てしまいそうになり、そこから視線が離せなくなってしまった。

　背中に居るはずの彼女の姿が、鏡越しに見えている。

　腰を屈める度に大きな胸元が揺れ、タオル裾がヒラヒラと捲れて、今にも藍香の大事な部分が見えてしまいそうだ。

「少し、お待ちください」

「う、うん……うおっ⁉」

　彼女が話しかけながら背中から手を離した。が、同時に鏡に映っている大人びたメイドの姿に、思わず声が出てしまった。

洗っている最中にタオルが緩んでしまったらしく、彼女が一度肌からタオルを外して巻き直したのだ。

一瞬の出来事。なのだが、その一瞬にFカップはあるであろう釣鐘型の美峰乳と、小さな乳輪の中に佇む濃いピンク色の頂。そして、滑らかなお腹と、赤くて薄い草むらに彩られた彼女の大事な部分が、脳裏に焼き付いてしまう。

「ご主人さま……」

「な、なに？」

声を上ずらせてしまったが、どうも彼女の声も少しおかしい。

「見えてしまいましたか？」

藍香の姿は直視していない、そのため、気づかれてはいないはずだ。と思いながら、「見えてって、なにを？」と聞き返した瞬間。鏡越しに彼女と目が合ってしまった。

「うわぁああっ、えっ、あっ、ご、ごめんっっ。見るつもりなんかなくて、あまりにも藍香の身体が綺麗だったから、おっぱいとか見たくて……」

もう、自分でなにを言っているのかも分からない。

弁解しているつもりなのだが、完全に自爆しまくっている。

「ご、ご主人さま……」

鏡越しに見える彼女が目を瞑り、唇を震わせる。

覚悟するしかない。昨日、掃除する前の家を見られたとき以上の怒りがくる。

「私の裸を見ただけで、そんなに嬉しそうにしてくださるなんて……。もう……もうっ」

予想外の反応が返ってきた。

慌てて弁解している晴樹の姿に、年相応の笑顔で嬉しがった藍香が、タオルを緩めて背中から抱きついてきたのだ。

「うぉおおおおおっ！」

邪魔なものがなくなったお陰で、背中に直接ムニュムニュとした柔らかな二つの物体が押し付けられてくる。

しかも、その柔らかい感触の中に、少し硬くて小さな二つの感触まであった。

「ぶ、ぶつかってるって藍香。お、おっぱいが……、それにち、乳首……」

「はい、感じてくださいご主人さま。私はメイドですから、ご主人さまが喜ぶことが、私の幸せなのです」

(僕が喜べば彼女も幸せになる。だから、藍香のおっぱいを揉んでもっと幸せに……)

背中から伝わってくる温かい彼女の体温と、羽毛のように柔らかい肉果実の感触。そして、漂ってくる女の子特有の甘い香りに、淫らな考えが湧き起こってくる。

いつまでもこの感触を楽しんでいたい。と心の中で悪魔が囁き始めるが、いくら彼女が許してくれても、そんなことをメイドにしたらご主人さま失格だ。

「ぼ、僕、そんなことメイドに、藍香たちにさせたくないからっ！」

裏返ってしまいそうな声で叫び、慌ててお風呂のドアを開けた晴樹は、身体を拭くのもそこそこにトランクスを穿き、着替えを持って脱衣所から飛び出した。

これ以上は、理性を保っていられる自信がない。

階段をドタドタと駆け上っている途中で、お風呂で一回だけ振り返って、鏡越しではない彼女の裸を見ておけばよかった。

と思ってしまったのだが、それは健康的な思春期の男子なのだから、仕方のないことである。

※

(あ～～～っ、勿体ないことをしたっ！)

晴樹はベッドに寝転がったまま天井を見つめ、後悔し続けていた。

十代後半になるまで、一度たりとも女の子と付き合ったことのない彼だ。藍香のような美少女にエッチなことをしてもらえるチャンスなんて、二度とないかもしれない。

そう思うと、後悔してもし足りない。

「はぁ～～～～～っ……」

(でも、裸見られたし、おっぱいだって背中に押し付けてもらえたんだから……)

これ以上は贅沢。と、自分に言い聞かせながら、脳裏に焼き付いた映像と、背中に感じた柔らかい感触を思い返してみる。

「よかったよな～～～、あのおっぱい。すごく柔らかかったし……」

つい顔がニヤけてしまう。

普通の、ごくありふれた容姿の晴樹に、藍香は不釣合いなほどの美少女だ。本来なら話すこともできないだろう相手。そんな彼女の美峰乳の形と感触を思い返すだけで、ズボンの中がムズムズし始めてしまった。

「やべっ、このままじゃ……」

完全に勃起してしまう。というより、すでに半勃ち状態になっている。

なにもせずに藍香に会ったら、無意識に反応してしまうほど興奮が治まってない。

「う～～ん、これは仕方ないよな。善後策ということで……」

二人の美少女がこの家に居るのは分かっているが、このままでは彼女たちに会えない身体になるのは間違いない。会ったとしても、前屈みの状態でだ。

誰に言い訳をするでもなく、晴樹はベッド横にあるティッシュに手を伸ばした。

コンコン。

「はっ、はいィっ!?」

突然ドアをノックされた音に、つい声が裏返ってしまう。

まだ、自己発電をする前だが、見られたときと同じくらいに動揺してしまった。

「ご主人さま。少し、よろしいでしょうか？」

「う、ううん。いいひょ」

優しさを感じさせるメイドの声に、平然をよそおって答えてみるが、自分でも怪しいと実感してしまうほど日本語になってない。

「失礼します」

ガチャッとドアを開けた藍香が、長い赤髪を揺らして軽く頭を下げ、トレイに湯気が立ち昇るカップを載せながら部屋に入ってきた。

あのあと、自分もシャワーを済ませたらしく、ほのかにシャンプーのいい香りが彼女から流れてくる。

「ど、どうしたの、こんな時間に？」

まだ九時前で、こんな時間もないのだが、とりあえずベッドの上で脚を組み、半勃ち状態の股間を隠して話しかける。

「お休み中、申し訳ありません。ですが、眠気覚ましにコーヒーをお飲みになりながら、私の話を聞いてくださるでしょうか？」

「う、うん。いいよ」

彼女の姿を見ただけで、お風呂場での裸を思い出して股間が硬くなっていく。

しかし、なんとなく藍香の様子が変だ。

先ほどの年相応の表情ではなく、笑顔が少し硬くて、妙な威圧感すら放っている。

「先ほどは、ご主人さまにくつろいでいただくために黙っていたのですが……」

「う、うん……」

風呂でのことを思い出しながら訊くが、どうも雰囲気がおかしい。

「今日、私と恵莉那の転入の手続きにご主人さまの学園に行ったのです。そうしたら、こういうものを担任の先生から見せていただきまして」

「なにを見たって……っ⁉」

藍香がひらりと出した紙を見つめ、言葉が出なくなった。

彼女が担任。間違いなく、晴樹のクラスの担任から見せられて持ち帰ったものは、去年入学したときから現在までのテストの点、そのすべてが記されている彼の成績表である。

「これ、なにかおわかりですよね、ご主人さま」

長い髪を妖しく揺らした大人びたメイドの笑みが、優しさを保ったまま引き攣っていく。

「わ、わかるけど……。それが、どうし……」

「未来のご頭首さまの点数ではありません。勉強をしてください。私がみて差し上げます」

「え、みてって……とりあえず、コーヒー飲ませて」

藍香の威圧感に、半立ちのペニスが萎えるのを感じながら、彼女の持つトレーからカップを持ち口元に運ぶ。

「────っ⁉　ぐふぅえあっ！　ぐぇっ、こ、ごれ、ごれ何っ⁉」

コーヒーを一口飲んだ瞬間。舌の感覚が破壊されるような苦味が襲ってきた。

「本当は、インスタントのものなんてお出ししたくはなかったのですが、捨てるのは勿体ないので、残ってたものを全部使って煮詰めてみました」

「煮詰めたって……」

インスタントは半分くらい残っていたはずだ。それを全部使ったうえに、さらに煮詰めるなんて、手が込みすぎている。

どうりで、黒い液体がドロリとしていたわけだ。

「ど、どうして、こんなこと……」

「眠気を覚まして勉強をしていただくためです。全部お飲みください」

顔から血の気が引き、興奮を隠していた股間から完全に元気がなくなってしまった。

「う、うん。分かった、勉強はするよ。でもこのコーヒーは……」

「飲んでください」

笑顔のまま一言。

間違いない。このコーヒーは悪い成績に対する罰だ。

ヒスイ色の優しい瞳が、そう告げるように真っ直ぐ見つめてくる。

「わ、分かりました〜〜っ、んぐっ」

藍香の威圧感に押され、カップを口につけて一気に飲み込むが、本当に意識を失うような苦さだった。

激苦の罰コーヒーを飲まされてから三時間。

すでに日にちが変わっているにもかかわらず、晴樹は机で勉強させられ続けていた。

「そうです。その計算は、この公式を当てはめれば、普通に計算するよりも分かりやすくて、間違いが少なくなります」

隣に座る藍香が、身体が触れ合ってしまうほど近寄り、胸の谷間を強調するように見せながら、教師よりも分かりやすく数式を教えてくれている。

容姿端麗で家事全般が得意、しかも勉強もできる。

完璧超人は、本当に実在していたようだ。

「聞いてますか、ご主人さま」

少しその横顔に見惚れてそんなことを考えていたら、周りの空間をユラリと揺らした彼女にあっさりと気づかれ、殺気を混じらせた声で怒られてしまった。

勉強を教えてもらってから、これで数回目だ。

お風呂場で、年相応の笑顔を見せてくれた彼女の姿は、今は完全にない。

「では、最後にこの問題を解いてください」

「う、うん」

彼女がノートに数個の問題を書き、晴樹に提示してくる。

が、そんなことよりも、フワリと靡いた長髪の香りに、心臓がドキドキしてしまう。

しかも、藍香のメイド服は胸元が開いているため、座っていても谷間が覗けてしまうような状態だ。

お風呂で見たにもかかわらず、深い谷間と、白い乳肌を包む黒い下着に目を奪われてしまい、一瞬自分がなにをすればいいのか忘れてしまう。

「ご主人さまっ」

「あ、ご、ごめんっ」

集中してない晴樹を怒った彼女は、大人びた美貌で真っ直ぐ見つめながら、「もうっ」とばかりに溜息を吐いている。

「や、やるよ、やる。だから、そんなに怒らないでよ」

邪念を振り払えないまま、チラチラと大きな胸を見ながら問題に取りかかる。

どっちにしろ、藍香の出してくる問題は難しすぎるのだ。

この三時間で何回も問題を出されたが、基本的に高等部二年の問題ではない。下手をしたら、大学の問題レベル。

とても赤点だらけの彼に、解ける問題ではない。

「あれ？　なんで……あれ？」

意味不明だ。ノートに書かれた問題が、スラスラと解けていく。

「……できた」

自分が分からないまま、たった数分で全問解けてしまった。

どうやら、藍香の大きな肉果実とともに、教えてもらった数式のすべてを記憶してしまったようだ。

「見せてください……と。はい、全問正解です」

答えを確認した彼女が、すべての男を魅了するような笑みを向けてくる。

「さすがご主人さまです。明日も勉強すれば、明後日から始まる実力テストは、完璧に解けるはずです」

「そんなことはないと……」

思う。生まれてから十数年、テストの点がよかったことなど一度もない。

「今日の勉強は、これで終わりです」

「ふぅ〜〜〜〜っ。ありがとう」

やっと解放され、深い溜息が洩れた。と同時に目が彼女の胸元を覗いてしまい、再び興奮が湧き起こってくる。

「そ、それじゃ、僕はもう寝るから」

鎮まれ。と何度となく繰り返しながら、彼女に部屋から出て行くように促す。今度こそ本当に出さないと治まりそうにない状態だ。

なんとか、変化する前に藍香に出て行ってもらわないと、とんでもないものを見せてしまうことになる。

「私、ご主人さまのメイドですよ」

一秒でも早く部屋から出て行ってほしい、と思っている中。彼女は椅子から立ち上がることもせず、大きな胸を晴樹の腕に押し付けながら、ゆっくりともたれかかってきた。

「あ、藍香っ⁉」

心臓がドクンドクンと速まっていく。

服越しに感じる肉果実の柔らかさに、全身の神経が二の腕に集中してしまい、目が彼女の胸元から離れない。

「お疲れになっているご主人さまが、ゆっくり休めるようにして差し上げたいのです」

大人びた美貌を少し赤らめて囁いた藍香が、突然メイド服のファスナーを下げ、黒いハーフカップのセクシーブラに包まれた美峰乳を見せてきた。

「な、なにやってんのっ⁉」

「なにって、すっと見てくださっていましたし……」

気づかれていた。と、一瞬驚いてみるも、当然といえば当然。

勉強中、何度も彼女と目が合っていたのだ。気が付かないはずはない。

「それに、お風呂でも見ていましたし……。男性なら当然……」

「うわぁああっ⁉」

女性経験のない自分を呪ってしまう。

小さな声で囁いた大人びたメイドが、胸元を強調しながら右手で股間に触れてきたのだ。

こんなときにどう対応すればいいのかまったく分からず、しどろもどろになりながら、椅子に背中を預けることしかできない。

「もう、こんなに……」

ただでさえ藍香の姿で股間が変化する直前だったのに、ズボン越しとはいえ、こんな美少女メイドにさわられてしまえば、興奮を抑える術なんかない。

ズボンの股間が、瞬く間に膨らんでいく。

「気持ちよくして、差し上げます」

ジジジジジ……。

しなやかなメイドの手が、ゆっくりとズボンのファスナーを下ろし、トランクスの中のペニスに触れてきた。

自分の手でさわったくすぐったさの数倍、同じ人間の手とは思えない悦くすぐったさが肉幹から押し寄せ、股間全体を痺れさせてくる。

「ヤバイって……くあっ」

肉幹を包んできた彼女の手は羽毛のように柔らかく、掌から伝わってくる体温が、ペニス全体に優しく染み込んでくるようだ。

トランクスとズボンの中から引っ張り出されていくペニスは、まだ触れられただけというのに脈打ち始めてしまい、切っ先からカウパー液が溢れ出してしまった。

「これがご主人さまの。すごく熱くて、硬くて……。こういうご奉仕は初めてで慣れていませんけど、精一杯させていただきます……」

「くああっ、っ……やめ……」

彼女が右手を動かして肉幹を扱いてきた感覚に、それ以上言葉が続かない。

まるで、身体中の全神経が股間に集まり、彼女の手でくすぐられているようだ。

腰は椅子に座ったまま動きだしてしまいそうになり、ペニスにはジンジンとしたムズ痒さが走り回ってしまい、先液がとまらず溢れていく。

「き、気持ちいいですか？　ご主人さま……」

耳元に唇を寄せられ、ブラに包まれた美峰乳を腕に押し付けられながら訊かれたが、答えられない。

奥歯を噛み締め、ペニスから伝わってくる痺れに耐えるだけで、精一杯だった。

「私のことは気にしないで、気持ちよくなってください」

と言われても、気にするなという方が無理である。主人とはいえ、好きでもない相手に、こんなことをさせるわけにはいかない。

「や、やめてよ、こういうの。こういうことはしなくていいからっ」

理性をフル動員して藍香の手をペニスから外させ、両肩を押すようにして肢体を離して話しかける。

目は自然と彼女の胸元を見つめてしまい、シルクのハーフカップブラに包まれた大きな肉果実と、透けるように浮き出していた乳芽を記憶してしまう。

「こういうのは、お嫌ですか？」

「い、嫌じゃないけど、やっぱ好きでもない相手にすることじゃ……」

小首をかしげて尋ねられた言葉に、間髪容れずに答え返した。

「そういうことは気になさらないでください。私も嫌な相手には……、いいえ。ご主人さまだから、して差し上げたいことなのですから」

なにか気持ちを隠すようにそう呟いた藍香は、突然黒いブラのホックを外して釣鐘型の美峰乳を晒し、椅子から下りて晴樹の前の床に両膝をつけた。

「す、すごっ」

磨りガラス越しや鏡越しではなく、初めて見るおっぱいに声が洩れる。

目の前で揺れる重量感と柔らかそうな乳肌。そして、小さな乳輪の中に佇む濃いピンク色の乳芽に、だらしなく勃起したままのペニスがピクンと反応してしまった。

「ど、どうですか私の胸……。大きすぎて、気持ち悪くありませんか？」

「そ、そんなことないよ。すごく綺麗で、大きなおっぱい、僕大好きだし」

「本当ですか？　嬉しいですっ」

素直な答えに、藍香が恥ずかしそうな笑みを向けてきた。

彼女の胸は、大きさを感じさせないほど張りがあり、重力に逆らってツンと胸先を上に向けているほどだ。

しかも、さわらなくても分かるくらいの柔らかさで、呼吸に併せて揺れている。

「では、気持ちよくなってください、ご主人さま」

ふにゅ……。

「のわぁっ！」

彼女が両手で肉果実を持ち上げ、肉幹を柔らかい谷間で包み込んできた感触に、声が抑えられない。

ムニュムニュとした乳肌の柔らかさと、彼女の温かい体温を直接感じさせられたペニスは、もう我慢の限界だ。

腰をめちゃくちゃに動かしてしまいたい衝動に駆られ、汚してはいけないと分かっていても、亀頭から溢れ出したカウパー液が美峰乳に垂れてしまう。

「ああ、熱い……すごく熱いです。私の胸の中でビクビク震えて、おっぱいの中が火傷してしまいそうです」

熱い吐息を洩らした藍香が、潤んだ瞳を上目遣いにしながら、身体を上下に動かしてペニスを扱いてきた。

ホックを外しただけで緩めた黒いブラと、大きな肉果実だけでも興奮を抑えられないのに、手淫に続いて胸奉仕までされたら理性が抑えられない。

腰は自然と動いてしまい、動く度に形を歪める美峰乳から目が離せなくなってしまった。

「気持ち、気持ちいいですか、ご主人さま……んっ」

「い、いいよっ、すごく……すごくよくて、くっ」

動く度に肉幹を扱いて形を歪め、張り付くように亀頭を擦ってくる乳肌に、下半身全体が甘ったるく痺れてきた。

形を維持しているのが不思議なほど柔らかい肉果実は、濃いピンク色の乳芽まで尖らせて視覚的にも晴樹を興奮させ、柔房で奉仕されるペニスを痛いくらいに痺れさせてくる。

「んっ……はぁはぁ……胸が熱すぎて、私もおかしく……」

どうやら、胸奉仕する快感に目覚めてしまったらしい。

藍香の呼吸に濡れた色が混ざり、肉幹を包んでいる乳肌が、一段と張ってペニス全体を扱いてきた。大人びた美貌は、ヒスイ色の瞳を潤ませて火照り、長い赤髪が誘うように揺れて興奮を昂らせてくる。

黒いセクシーブラを乱れさせながら上下に動いている肉果実は、一回り膨らんだように大きく揺れ、完全に尖った乳芽まで晴樹の身体に擦れてきた。

「んっ、胸が……胸がもう……あんんっ、はぁはぁはぁ……」

乳首が擦れる度に彼女の唇から艶めかしい吐息が洩れ、肢体がピクピクと反応し始めた。ペニスに胸奉仕して乱れる美少女メイド。そんな姿をもっと眺め、楽しんでいたい気分だが、晴樹の方がもう限界だ。

女性経験のない身体は、藍香の美峰乳の刺激で強張り始めてしまい、ペニスが膨れながらビクビクと引き攣っている。

肉幹を扱く大きな肉果実が上下に動き、乳肌に埋まった亀頭が胸上から飛び出してくる度に、抑えられなくなった先液が噴き出し、彼女の汗と混じって柔房の谷間に流れていく。

「くあぁっ、ごめん藍香。もう……、もう限界だっ！　出る……出るから……出ちゃうから退いてっ！」

肉幹を駆け登り、亀頭を膨らませた尿意にも似た射精の予兆に、切羽詰まった声で彼女に退くように頼む。

「い、いいですご主人さま。このまま出してください……んっ。ご主人さまの精液を、私の胸にいっぱい出してくださいっ」

しかし、彼女はまったく退こうとはせず、さらに胸を寄せて肉幹をきつく扱いてきた。

彼女の肌から噴き出した汗と先液でまみれた美峰乳からは、ペニスを扱かれる度にニュチュニュチュと淫らな音が鳴り、荒い息遣いが流れる部屋に響いていく。

「こ、こんなに……こんなにご主人さまのが震えて。早く私の胸をご主人さまのものにしてください。ご満足するまで、私の胸で射精してくださって構いませんから」

肉幹を包む柔らかい肉果実と囁かれる彼女の言葉に、もう、これ以上の我慢なんてできない。

彼女の許しを貰った腰は、椅子に座ったまま激しく動いてしまい、藍香の胸を本当に突き刺すようにペニスをピストンさせてしまった。

「ふぅあっ、胸っ……胸の中で暴れて……はぁはぁ……壊れる……私の胸がご主人さまので壊れてしまいます……はうっ、んぅっ！」

「ごめん、でも、でももうダメなんだ。とまらないんだっ！」

興奮で頭の中が血でいっぱいになってしまい、もう自分ではどうすることもできないままペニスをピストンさせ、藍香の美峰乳を歪ませてしまう。

部屋には濡れた呼吸音と、肉果実がペニスを扱くニチャニチャという音が響き合い、我慢に我慢を重ねた理性を掻き乱してくる。

「くああっ、出るっ……出るよっ。本当に出て……っ」

ムズ痒い痺れに、痛みさえ感じたペニスがはち切れるほど内部から膨れ、強烈な射精感が込み上げてきた。

亀頭は強烈な尿意痺れで包まれ、頭の中が射精することでいっぱいになっていく。

「ご主人さまの……、私にご主人さま……っ⁉」

「くっ、いくよ藍香っ、藍香のおっぱいに……藍香のおっぱいに僕の……くああっ！　はくぅうっっっ！」

びゅるっ！　びゅるびゅるびゅる……びゅるるるるるるるっ！

「ひゃんんっ⁉　熱い……熱すぎますご主人さまぁあぁあぁああああっっっ！」

ペニスが異常なほど脈動した直後。肉果実の谷間から切っ先を出した亀頭が限界まで膨らみ、とめる間もなく濃い白濁液が噴き出してしまった。

肉幹を駆け登って切っ先から噴き出していく射精の開放感に、頭の中が真っ白に染まってなにもできず。ただひたすら腰を動かして柔らかい肉果実の谷間を貫き、精液を彼女の肌に撒き散らしてしまう。

「藍香に……藍香のおっぱいに僕のが……くおおっ」

初めて女の子に放出させてもらった幸福感が全身を包み、ペニスが何度も脈動して精液を迸らせていく。

頭の中は妙な愉悦と開放感ですっきりとしてしまい、最後の精液を噴き上げたペニスが、心地いい痺れに包まれだした。

「くあっ、うっ……はぁはぁはぁ……っ」

妙に晴れやかな気分が心を満たしていく。

全身は疲れているはずなのに、全力疾走できるほど気力が充実し、射精する前に感じていた頭の中に漂うモヤモヤ感が、今はまったく感じられない。

「うっ、はぁはぁ……すごく気持ちよかっ……うわっ⁉」

全身を開放感に包まれ、射精後のペニス痺れを感じながら彼女の姿を見た途端。思わず声を出して驚いてしまった。

藍香の大きな胸は、乳芽まで白濁まみれになって汚れ、大人びた美貌にまで精液がこびり付いていた。

胸の深い谷間には、汗と混じった白濁液がトロトロと伝い、黒いブラの内側にまで白い滴が溜まっている。

「ご、ごめん、藍香っ」

慌ててベッド横に置いてあったティッシュを取り、彼女に渡す。

「あ、ありがとうございます……」

恥ずかしいのか、それだけ口にした彼女が二・三枚取り、顔を拭った。

大きなおっぱいを精液まみれにして恥ずかしがっている美少女。そんな趣味がなくても、かなり興奮する姿である。

射精をしたばかりだというのに、ペニスは再びピクンと脈動して硬くなり、肉幹の内部に残っていた精液がピュクッと飛び出してしまった。

「あっ、まだ……」

再び興奮してしまったのを、どうやら気づかれてしまったらしい。

藍香は顔を赤くしながら飛び出した残滓を美峰乳で受け止め、優しくも艶めかしい笑みでペニスを見つめてくる。

「ご、これは、その気持ちよかった証拠で……」

自分でも、なんの言い訳をしているのか分からない。

しかし、普段見せない部分をじっと見られているのだ。なんとなく、この状況を説明してしまいたい心境になってしまう。

「んふふ、いいんですよご主人さま。興奮しているなら、お隠しにならなくても。私も、その……胸だけでは……」

「え？」

優しい雰囲気を残しながらも、妖しい笑みを見せた彼女が床から立ち上がり、メイド服のスカートを捲り上げて黒いハイレグショーツを見せてきた。

「あ、藍香、なにを……」

「ですから、胸だけでは私は……、ここもご主人さまので」

初めて見た、黒くてセクシーなハイレグショーツ。それだけでも直視できないほどなのに、そのシルクの股布が濡れ透けて赤くて薄い草むらが見え、布越しでも淫唇がヒクついているのが分かる。

「あ、藍香……」

ゴクッ……。

興奮と戸惑いに、生唾が喉に流れ落ちる。

ショーツを見ただけで、胸奉仕で興奮してしまったのが分かる状態だった。

しかも、濡れたシルク布には淫部の形が浮かび、そこから染み出した愛液が幾つも太腿に伝って、黒いニーソックスに染み込んでいく。

「ここに……」

初エッチ。そんな言葉が頭によぎる。

「い、いいですよご主人さま。私の身体は、ご主人さまに捧げるって、昔から決めていましたから……」

照れたようにそう言った彼女は、そっとメイド服のスカートを腰まで捲って部屋の壁に両手をつき、黒いハイレグショーツに包まれた大きなお尻を掲げてきた。

晴樹にしてみれば、夢のような光景だ。

目の前には、精液で汚れた美峰乳を露わにしたまま、大きなお尻を掲げている長い赤髪の美少女が居る。

しかも、黒いハイレグショーツは愛液で濡れ、淫唇の形まで浮き出しているのだ。

（藍香とエッチ……）

今からすることを心の中で呟きながら椅子から立ち上がり、女の子の大事な部分に誘われるように彼女の後ろに立ち、勃起したままのペニスをショーツに向ける。

「好きに、お好きなように挿れてください。私の身体は、もうご主人さまのものなのですから……」

その言葉がよほど恥ずかしかったのだろう。

藍香はそのままヒスイ色の瞳を閉じて顔を背け、両脚を震わせながら、大きなお尻をペニスの前まで掲げてきた。

「え、あ、でも」

彼女にここまでさせておいて言うことでもないが、どうすればいいのか分からない。

下着に手をかけて太腿まで脱がせばいいのか。それとも、淫部からハイレグ布を退かせばいいのか。まったく見当がつかない。

「こ、ここに、ご主人さまのを……」

そんな晴樹に気づいたのだろう。

藍香がハイレグショーツの股布を退かし、淫部を露出させてくれた。

「こっ、これが藍香の……」

お風呂場で見たときは、鏡越しに前から薄い草むらを見ただけ。だが、今は違う。

お尻を掲げてくれているお陰で、少し広がってヒクついている淫唇や、愛液にまみれて艶めかしく濡れ光っている薄赤い秘粘膜。そして、その中で小さく蠢いている処女孔や、半透明な尿道まで丸見えの状態だ。

当然、ショーツに擦れて包皮から剥き出しかけている女核や、愛液で肌に張り付いている薄い草むらも見えている。

「ご主人さま、は、早く……。恥ずかしいです……」

「う、うん」

彼女の当然の頼みに、一言答えてペニスを淫部に近づける。

すると、経験がない彼を導くように彼女がお尻を動かし、挿入しやすいように、秘孔を亀頭に押し付けてくれた。

「うっ」

「ふぅあん……」

ヒクヒクと蠢く処女孔に触れた途端、亀頭から強烈なムズ痒さが駆け巡ってきた。

肉幹は自然と脈動してしまい、切っ先からは残滓混じりの先液が噴き出し、大人びたメイドの秘孔を汚してしまう。

彼女も秘孔に触れた亀頭の感触に感じてしまったらしく、唇から艶めかしい声を奏でながら、肢体をピクッと震わせていた。

「い、いくよ」

「……はい」

このままでも十分気持ちよく、すぐにでも射精してしまいそうだ。しかし、そんな情けないことはできない。

ムズ痒い刺激に耐えつつ、ギュッと藍香が瞳を閉じたのを見ながら、腰をグイと前に動かして硬い秘孔に亀頭を押し込もうとした瞬間。

コンコン。

「こんな時間まで勉強しているご主人さまに、サンドイッチを作ってあげたわよ」

突然ドアがノックされ、金髪ツインテールのメイドが入ってきた。

「えっ、ちょっと待っ⁉」

「え、恵莉那、今はダメです。入ってこない……っ⁉」

秘孔が広がり、ペニスにムズくすぐったい刺激を感じながら慌てて振り返ってみるが、部屋の中に入られた状態では完全に手遅れだ。

藍香も恵莉那を見ているが、さすがになにも言えなくなっている。

「えっ、あっ、そんな……っ」

挿入直前の二人の姿を見たツインテールメイドは、信じられないように青い瞳を見開き、慌てて部屋から飛び出していく。

あまりに突然の出来事に、晴樹と藍香は立ちバックのまま凍りついてしまい、初エッチの興奮が一瞬で醒めてしまった。

見られたショックに、ペニスは少し力を失ってしまい、触れさせていた秘孔から切っ先が離れてしまう。

「今日は、これ以上できませんね」

少し残念そうにそう呟いた藍香は、黒いショーツを元に戻してスカートの裾を落とし、ハーフカップブラをつけ直して乱れたメイド服を整えた。

「これから先は、また今度に……」

ニコッと優しげな、そして妖艶な笑みを作って晴樹の頬にキスをした彼女は、半勃ち状態になってしまった彼を残して、エッチな匂いの漂う部屋から出て行ってしまった。

三章　テストのあとのご奉仕は……。

一日の授業が終わり、晴樹はうつむきながら家に向かって歩いていた。

「はぁ〜〜〜っ、一体なんなんだ、恵莉那のあの態度は……」

つい、溜息とともに愚痴が出てしまう。

藍香は一つ年上で、恵莉那は同い年。当然、学園にも通うので、晴樹の学園に今日転入してきたのだが、わずか半日で有名になってしまった。

それは、あの容姿とスタイルなのだから、当然と言われれば当然。なのだが、問題はそんなことではない。

よりにもよって同じクラスに転入してきた恵莉那の態度が、絶対零度と感じられるほど冷たいのだ。

つい家で「学園で分からないことがあれば教えるけど、できるだけ他人のふりをしてくれるかな」と言ったのを忘れ。

「なにか聞きたいことあるかな？」

と話しかけたのだが、それが間違いだった。

彼女は答えることもせず、フンッと鼻を鳴らして顔を背けたのだ。

お陰で、晴樹は美少女転校生にフラれた可哀そうな子扱い。

男子には冷やかされ、女子には節操のないバカ男として認知されてしまった。

「ほんとに、なにかしたのか？　僕……」

不機嫌極まりない態度の理由が、まったく分からない。

あの態度は、家に来たときからずっとだ。

「藍香は優しいのに……」

長い赤髪の彼女を思い浮かべて、本当に安心する。

別にエッチな奉仕をしてくれるから。という理由ではなく、恵莉那だけだったら、間違いなく人生を嘆《なげ》いていることだろう。

そもそも、藍香にも「学園では他人のふりをするように」と頼んでいたのだが、彼女は微妙な距離感を保って接してくれた。

会話も適度にし、遠くから気が付けば、笑顔で手を振ってくれる気遣いまでするほどだった。

それに比べると、恵莉那は残念でならない。見た目がいい分だけ、なおさらだ。

「はぁ～～～っ」

家に帰り、ドアを開けながら溜息を吐く。

トタトタトタッ。

「もう帰ってくるなんて。もう少し遅く帰ってきなさいよ、エロご主人さまっ」

慌てて着替えたのだろう。可愛らしい足音を鳴らし、二階の自分の部屋から走ってきた恵莉那が、またもや不機嫌そうな口調で出迎えてくる。

慌てて玄関に来たため、彼女が階段を下りてくるときにメイド服のミニスカートが捲れ、ふっくらとした淫部を包む白いショーツが見えたのだが、それは言わないことにしておく。

しかし、そんなことよりも気になることが一つ。

「エロご主人さまってなんだよっ」

彼女の下着を見たことも忘れ、ここは猛抗議するしかない。

「なによ。文句あるの？　き、昨日部屋で、あんなことをしていたくせに。今だって、階段を下りてくるわたしの下着、覗こうとしていたんじゃないのっ」

青い瞳で真っ直ぐ見つめられながらの言葉に、なんとか言い返そうとしたのだが、本当に彼女の下着を覗いていたので、これ以上の抗議はできなかった。

「このぉ～～～っ」

「フンっ、だ」

鼻を鳴らしてリビングに向かうツインテールメイドを見ながら、悔しさに拳を握る。

「あ、お帰りなさいませ。ご主人さま」

恵莉那がリビングに入ると同時に、少し早く家に帰っていた藍香が、いつもの優しい笑顔でキッチンから出てきた。

「お荷物、お受け取りします」

「あ、うん。ありがとう」

本当によく気が付くメイドだ。

ツインテールメイドなど、鞄を持とうともしなかった。が、警戒心が薄くてパンツがよく見えるため、それはそれでいいような気もする。

「早くリビングに座ってください。思ったよりも早く、ご所望のものが届きました」

「所望のもの？」

機嫌よさそうに話す藍香に、首を捻る。

届いた。と言われても、なにかを頼んだ覚えなどない。

「あ、その前にうがいですね。その間に準備いたします」

「う、うん……」

健康を考えてのことだろう。

彼女に促されるまま脱衣場に向かい、そこにある水道でうがいをした彼は、リビングに入ってソファーに腰を下ろした。

「どうぞ、ご主人さま」

「おおっ」

目の前にコーヒーの注がれたカップと、幾つものクッキーが載せられたお皿が置かれ、思わず歓声をあげてしまった。しかも、コーヒーは芳ばしい香りが部屋中に漂い、一目で高級な代物だと分かる。

「どうぞご主人さま。ご所望のコーヒーです」

「あ、ありがとう……」

飲みたかったコーヒーなのだが、昨日の極苦を経験しているだけに、少し怖い。

笑みを浮べる大人びたメイドの顔をうかがいながら、手をわずかに震わせてカップを口元に運び、滑らかな液体を一口。

「うまっ！」

本当にコーヒーか？　と思うほどの美味しさだった。

口に入れた途端、芳醇《ほうじゅん》な香りが鼻腔まで伝わって充満し、甘さまで感じることができる。

今まで飲んでいたインスタントコーヒーは、一体なんだったのか分からなくなるほどの味である。

「喜んでもらえてよかったです」

「なによ、そんなもので、そんなに喜んじゃって」

嬉しそうな藍香と不機嫌そうな恵莉那の声が聞こえるが、その声にも答えず一気に飲み干した。

「お代わりです」

カップをテーブルに置いたタイミングを見計らって、大人びたメイドがコーヒーを注いでくれる。

「これ、砂糖どれぐらい入れたの？」

「砂糖などお入れしていません。苦味を愉しむコーヒーでも、淹れ方さえちゃんとすれば、甘くすることができるんです」

ぜひ、その淹れ方を学びたいものだ。と心の底から思ってしまう。

「それでご主人さま。明日からの実力テストなのですが……」

「うぐっ」

口の中にほおばったクッキーが喉に詰まり、コーヒーで流し込む。

まさか、このタイミングでテストの話題を出されるとは思っていなかった。

「き、昨日勉強見てもらったから、多分大丈夫だよ」

「昨日って……」

勉強をする癖がないのに、二日も連続で勉強したら精神がもたない。

それに、昨日あんなに教えてもらったのだ。実力テストなら、いつもよりいい点が取れる。と思って答えた直後、ソファー横に立つ藍香の顔が引き攣り始めた。

「今日も、勉強をみさせていただきます」

「大丈夫だって。藍香も疲れてるだろうから、今日はゆっくりと寝てよ。ダメだったら、追試だってあるんだし」

「ふふ、そうですか。私の心配をしてくださるのは嬉しいのですけど、それを理由に、追試を最初から受けるつもりなんて……」

ヤバイ。そう直感したときには手遅れだった。

笑顔のまま怒った長い赤髪の美少女メイドは、そっとソファーの背後に立ち、晴樹の後頭部に大きな肉果実を押し付けてくる。

「うおおおっ」

頭に感じる柔らかい感触と、彼女の温もり。

しかし、そんなことに喜んでしまった彼はバカだった。

彼女の片腕が首に回されたと同時に、もう一方の手がそれをがっちりとホールドし、チョークスリーパーの体勢になっている。

「バカね」

呆れたような恵莉那の声が聞こえた直後。

「今日も、勉強していただきます」

「ぐげげげげげげげげげ――――っ！」

極上の柔らかさを後頭部に感じたまま、晴樹の意識は次元の彼方にまで飛ばされた。

※

次元の彼方からの帰還。

正確には、単に意識を取り戻しただけだが、自分の部屋で目を覚ました晴樹は、強制的に勉強机に座らされていた。

「もう、何度教えれば分かるのよ。歴史なんて、年号と名前を覚えるだけなんだから、簡単なはずでしょ」

「そんなこと言ったって、それが覚えられないんだからしょうがないじゃないか。それに

年号と名前以外にも、そのときになにが起こったかとかあるし」

「だから、そんなものは、名前が分かれば繋がるように答えが出てくるでしょって、さっきから言ってるじゃないっ」

数学こそ、昨日の勉強で大丈夫だと判断され、今日は歴史の勉強をさせられているのだが。よりにもよって、金髪ツインテールメイドの恵莉那が彼の隣に座っている。

しかも、言っていることが、かなりむちゃくちゃだ。

確かに歴史は年号と名前、そこから導き出される事柄がメインなのだろうが、それを覚えられるなら、最初から苦労などしない。

「本当にバカね。こんなのがご主人さまだなんて、わたしの最大の不幸ね」

ムカついてくる。

教えるなら教える、バカにするなら、速攻でこの部屋から出て行ってほしい。

「なによ」

そんな気持ちに気づいたのか、恵莉那が青い瞳で睨んできた。

が、改めてみると、本当に綺麗な顔をしている。

藍香も魅力的だが、幼さの残る美貌をしている彼女は、その可愛らしさだけでも反則だ。

横に座られているだけで、その青い瞳に吸い込まれそうになってしまい、思わず見惚れてしまう。

金色のツインテールも艶やかに揺れ、空気に乗って流れてくるシャンプーの香りだけで、胸がドキドキとしてしまいそうだ。

　メイド服に包まれた身体も、細くてスタイルがいいのが分かり、こんな彼女にそばに居てもらえるのは幸せな状況だとも言える。

(これで、性格さえよかったら最高なのに)

　容姿に不釣合いの性格に、残念な気持ちになった直後。

「今、なんか失礼なこと考えてなかった？」

「いや、別に……」

　まるで、心の中を見透かしたような言葉が飛んできた。

「フンっ、別にいいわ。それより、実力テストに出そうな範囲の年号と名前。あと、重要な事柄を書いてあげるから、それを全部覚えて」

「あ、ああ」

　ノートに次々と書かれていく数字と文字に、驚きを隠せない。

　転入してきたばかりなのに、もうテスト範囲を理解しているようだ。

　おそらく、彼女の頭の中には、歴史に関する知識が大量に収まっているのだろう。多分、歴史だけでなく、藍香と同じように他の勉強もできるはずだと予想できる。

「ちゃんと見てるの？」

「あ、当然だろ。ちゃんと見てるって」

　ノートにペンを走らせながら、不満そうに横目で見上げてきた彼女に答える。

覚えられるかどうかは別として、見てることは見てるのだから、間違いではない。

しかし、藍香もそうだったが、男にこんなに密着していて、彼女たちはなんとも思わないものなのだろうか。

優しい瞳と、冷たい視線という差はあるが、彼女たちはそれぞれ上目遣いで晴樹に話しているだけでなく、肌も触れ合っているのだから意識してもおかしくはないはず。

少なくとも、晴樹は意識してしまっている。

恵莉那のメイド服の胸元が、藍香と同じデザインではなくて、本当によかったと思っているほどだ。

「よかった」

「なにがよ」

つい口から出てしまった言葉に、冷たいツッコミが突き刺さる。

確かに、彼女にしたら意味不明の言葉だ。

(ほんと、胸が見えなくてよかっ……)

「うおっ⁉」

胸を撫で下ろしながら、メイド服に包まれた彼女の胸から視線を下に移した途端、後悔してしまった。

彼女のメイド服は、胸元が完全に隠れているタイプなのだが、スカートは藍香と同じように短い。

その所為で、座ったスカート裾がいつの間にかに捲れ、甘酸っぱい色気を醸す瑞々しい太腿と、白いショーツが見えていたのだ。

「どうかしたの？」

「い、いいいいいいや、なんでも……」

「なら、ちゃんと集中して勉強してよ」

「う、うん」

パンツが見えている。などとは、決して言えない。

しかし、一度気になってしまったら、なかなかそこから意識を外すことができないのが男のサガだ。

彼女がペンを走らせるノートと身体を交互に見てしまい、メイド服を丸く膨らましている胸元と、白い肌の太腿。そして、ふっくらとした女肉を包むショーツ、ついでにノートに書かれた文字と数字を脳裏に焼き付けていく。

「ほんとにエッチなんだから……」

ボソッと彼女が呟いたが、声が小さすぎてなにを言ったのか分からない。

「え？　今なんか言った？」

「な、なにも言ってないわよっ。そ、それより、早くこれ、覚えてよねっ」

なにを言ったのか訊いてみたのだが、太腿を擦り合わせながら顔を背けた彼女に、いつもの調子で答え返されてしまった。

しかし、一瞬見えた藍香の顔が、なぜか赤かった気がする。

「どうですか、ご主人さま。恵莉那の教え方でお分かりになりましたか？」

なんとなく気まずい空気になりかけた途端。タイミングよくガチャッとドアが開き、キッチンで軽食を作ってきた藍香が入ってきた。

「消化のいい、おうどんですが、お夕食にどうぞ」

「あ、ありがとう」

昨日はリビングで食べられたのに、今日は自分の部屋。とも言いたいのだが、これで確実に分かったことが一つ。

間違いなく、テスト範囲の勉強が終わるまで、この部屋に軟禁される。

ズズ……。

だが、本当にタイミングがよかったのは確かだと、うどんをすすりながら思う。

あのまま恵莉那の身体を見ていたら、また身体が変化してしまう可能性があった。

「ご主人さま。この問題のあとに数字を書いてもらえますか？」

「ん？　フランス革命がって……確か」

藍香が出してきた問題に、うどんをすすりながら頭に浮かんだ恵莉那の太腿と、同時に出てきた数字を書く。

「はい、正解です」

「へ？」

なにが正解だか分からない。が、どうやらツインテールメイドの肢体と、ノートに書かれた年号を交互に見ていたために、自然と覚えてしまっていたようだ。

「では、次は地理を私たち二人でお教えします」

ニコニコと優しい笑みを向けてきた大人びたメイドの姿に、食欲が急速になくなってしまった。

※

ゴクッ。

二日間のテストを終わらせた翌日、晴樹は緊張しながら家の前に立っていた。

よりにもよって、教師たちがムダにがんばってくれたらしく、全教科の答案用紙がすべて戻ってきている。

今まで成績の悪かった彼にしてみれば、過去最高の点数だった。

しかし、熱心に地獄の猛勉強で教えてくれたメイドたちにしてみれば、納得のいかない点数なのかもしれない。

テストの始まる朝に、「これで全教科満点は確実ですね、ご主人さま」などと、満面の笑みでプレッシャーをかけてきた藍香の顔を思い出すだけで、このままどこかに逃走したい気分になってしまう。

恵莉那にいたっては、どんな言葉で侮蔑してくるか分からない。

「よし……っ」

いつまでも家の前で戸惑っていても仕方がない。

覚悟を決めた彼は、汗ばんだ手でドアを開けた。

ゴクッ！

唾なのに、鉛でも飲み込んだような感じだ。

「た、ただいま……」

「「お帰りなさいませ、ご主人さま」」

メイド二人が、玄関で待ち構えていた。

なにを期待しているのだろう。

「鞄、持ってあげるから、早く貸して」

「う、うん……。いや、いいよ。自分で持つから」

一瞬、手を出してきた恵莉那に鞄を渡そうとしたが、慌てて引っ込める。

勝手に開けられ、中に入っている答案用紙を見られたら一大事だ。

「では、リビングにどうぞ。美味しい紅茶も淹れてありますので」

「あ、ああ」

鞄を取り損ねて頬を膨らませるツインテールメイドを横目に、藍香に促されるままリビングに入りソファーに座る。

テーブルの上には、ゆらゆらと湯気を立ち昇らせる紅茶と安らぐような香り。

おそらく、なかなか家に入ってこないことに気づいていたのだろう。

タイミングよく温かい飲み物を出すために、ポットがテーブルの下に置かれていた。

「それじゃあ、いただきます」

なんとか、危険な話題を遅らせようと紅茶を一口。

「で、どうだったの？　点数」

「ぶっ⁉」

飲んだのだが、ムダだった。

ソファー横で赤髪メイドと並んで立った恵莉那が、直球で訊いてきた。

「あら、大変です。紅茶が」

「ご、ごめんっ」

あまりにも直球すぎた質問に、口から吹き出してしまった紅茶を、藍香が慌てて拭き取ってくれる。

「まさか、あれだけわたしたちが教えたのに、赤点だったんじゃないわよね」

疑るようなジト目で見つめてきた。

「ち、違うよ、さすがにそれは……。それよりも、恵莉那と藍香はどうだったの？　僕に教えていて、自分の勉強できなかったんじゃない」

「そうですね……」

自分の点数を教える前に、彼女たちの点数を訊いておきたい。

頭がいいから、さすがに彼よりも低いということはないだろうが、それなりの点数なのは確かだ。

それに、点数を訊いておけば、彼女たちが求める点数も察しやすい。

彼女たちの点数引く十点。それぐらいなら、許してくれるはずだと推測できる。

「恥ずかしく、お見せできないのですが」

「どうして、わたしの点数を見せなくちゃいけないのよっ」

恥ずかしがりながら、そして不満を口にしながら、メイド服のポケットから数枚の答案用紙を取り出してくる。

「…………」

(訊くんじゃなかった……)

後悔してしまう。ほとんどが百点、点数の悪いものでも、九十点台後半だった。

「では、ご主人さまのも、見せてください」

「……はい」

覚悟するしかない。

彼女たちの点数を見てしまったのだ、これ以上ごまかすことなどできるはずがない。

まるで、叱られる前の子供のように鞄を開け、答案用紙を取り出した。

「拝見させていただきます」

メイドが、二人そろって彼の答案用紙を見つめる。

「八十六点……七十八点……、八十一点……七十五点……」

「八十三点、七十三点、九十一点……」

なにも、二人そろって答案用紙の点数を言わなくてもいいだろうに、と思ってしまう。

これでは、公開処刑されているようなものだ。

「「………」」

点数を言い終わったメイド二人が、急に黙りこむ。

「ご、ごめんっ、あんなに教えてくれたのに。で、でも、僕にしてはさ、すごい点で……」

責められたわけでもないが、慌てて弁解する。

必死で勉強を教えてくれた彼女たちに、申し訳ない気持ちでいっぱいだ。

多分、晴樹に勉強を教えてなければ、メイドたちは全教科百点を取れていたはず。

自分の点数を犠牲にしてまで尽くしてくれていたのに、予想していた彼女たちの点数引く十に達していたのは、全科目中、たった一つだけだった。

「ご主人さま……」

藍香の声が震えている。あまりに怖くて、真っ直ぐ彼女を見られない。

またチョークスリーパーや、激苦のコーヒー責め。それ以上の罰があるかもしれないと思うだけで、背筋が寒くなってしまう。

「す、すごい……たった二日で」

「へ？」

責められると思っていたのだが、予想外の言葉が恵莉那から聞こえた。

「すごいじゃないっ。二日でこんなによくなるなんて。わたし、本当に嬉し……」

「すごいです。すごすぎますご主人さまっ。私のお願いに、こんなにがんばってくださるなんて。もう……もうっ、ああんっ」

「え、あっ、うわぁああああっ⁉」

珍しく金髪のツインテールメイドが笑い、晴樹に一歩近づいてきた瞬間。彼女を押し退けて喜ぶ藍香が、長い赤髪を靡かせて抱きついてきた。

しかも、喜びを身体全体で表すように彼の頭を抱え込み、大きな胸の谷間に顔が埋められている。

「うぷっ、ちょ、苦しい……うぷぷ……」

「もう、だめ……。嬉しくて……もう、もうっ」

過剰反応。とは思うが、顔全体に感じるフニュフニュとした肉果実の柔らかさと、官能的な弾力。そして、温かい温もりと、鼻腔をくすぐってくる甘いミルクのような香りに、思わずニヤけてしまう。

「た、たったこれだけの点数なのに、調子に乗りすぎよっ、エロご主人さまっ」

「ああんっ、ご主人さま。最高です。んんっ」

「────っ⁉」

数秒前まで笑ってなかったか？　と言いたくなるような早さで不機嫌になった恵莉那を横目に、無邪気に喜ぶ藍香の唇が彼の唇に触れてきた。

初めてのキス。しかも、唇の感触だけでなく、晴樹の舌に舌が絡まってくる。くちゅくちゅといやらしいキスの音が鳴り、口腔で舌が絡み合って唾液が吸い取られていく。

突然起こったその出来事に、晴樹の心臓はバクバクと動き、今にも破裂してしまいそうなほど鳴り響いてしまった。

※

(やっとくつろげる……)

晴樹は自分の部屋のベッドに寝転びながら、ホッと胸を撫で下ろしていた。

メイドが来てからたった数日だが、まるで数ヶ月ぶりに解放されたような気分だ。

食事こそ、ソファー横に二人が立った状態だったが、その他はすべて一人でいられた。トイレもついてこられることなく、お風呂だってゆっくりと一人で浸かれ、心身ともにリラックスしている。

「しかし、あんなに喜んでくれるなんて思わなかったな……」

リビングでの出来事を思い出して、頬を緩ませる。

あまりにも喜び、過剰とも取れる態度で抱きついてきた藍香だったが、あのあと急に冷静さを取り戻し、

「も、申し訳ありません、ご主人さまに抱きついてしまうなんて……それにキスを……」

と、大人びた美貌を真っ赤にさせて恥ずかしがったのだ。

あまりにいつもと違う彼女の態度に、恵莉那の冷たい視線を浴びながらも、心臓をドクンッと高鳴らせてしまったのは、言うまでもない。

男なら誰だって、あの胸の感触を味わったあとにあんな態度をされてしまえば、無条件で心を奪われてしまうはずだ。

それに、ファーストキスがあんな美少女だなんて、一生自慢できる。

「でも、他人の点数で、あんなに嬉しがってくれるなんてなぁ〜〜」

他人が見たら、確実に怪しい笑みで自分の唇を触れながら、そんなことを考えてしまう。

あの喜び方は珍しい。というか、家族でさえ、あんなに喜んではくれない。

あそこまで喜んでくれるのなら、次はもっといい点数。彼女たちに匹敵するような点数を、本気で取ってみたいと思う。

コンコン……。

などと、今も頬に残る柔らかさに頬を緩ませながら考えていたら、部屋のドアがノックされた。

「誰？」

「私です、ご主人さま。入ってよろしいでしょうか？」

「う、うん。いいよ」

ドア向こうから聞こえてきた藍香の声に、ちょっと戸惑いながら快く返事をする。

「先ほどは、本当に申し訳ございませんでした。ご主人さま」

「もういいって。それに、藍香みたいな美人にキスしてもらえて、僕も嬉しかったし」、

「そんな、ご主人さまったら……」

数日前だったら、絶対に言えないだろう歯の浮くようなセリフで笑い、起き上がってベッドの端に腰をかける。

容姿を褒められた彼女も嬉しいのだろう。

大人びた美貌をほんのりと染めて、顔をうつむかせた。

「それで、なんの用？」

「えっ、あの……そうですね。では……」

珍しく慌てた彼女が、メイドらしからぬ仕種でベッドに座ってきた。

彼女の体温がわずかに感じられる距離。しかも、ここに来る前にシャワーでも浴びたらしく、揺れる長い赤髪から、シャンプーのいい香りが流れてくる。

（な、なんでこんなに近く。それに、胸が……）

緊張する。

数秒間だが、この会話のない時間で喉がカラカラになってしまうほどだ。それに、触れ合うほど近くに居るため、自然と彼女の胸元を覗いてしまい、わずかに見える黒いブラと柔らかそうな乳肌を見つめてしまう。

「本当に、たった二日で成績がよくなるなんて、さすがです」

「も、もういいよ。そんなに褒めなくても」

そこまで褒められると照れくさい。

第一、成績がよくなったとはいえ、彼女たちの方が、はるかに点数がいいのだ。そんなに褒められると、なんとなく後ろめたさを感じてしまう。

「どうして、そんなにご謙遜《けんそん》なさるのですか？」

「謙遜なんてしてないよ。今回の点数がよかったのは、藍香たちのお陰だし」

「ですが、期待に応えて成績を上げられたのは、ご主人さまの実力です。それで、ですね……その、メイドの立場も忘れて、ご主人さまに失礼なことをしてしまったお詫びを……」

突然、頬を染めた藍香が肢体を近寄らせ、晴樹の手に柔らかな掌を重ねてくる。

「この間の続きを、させてください……んんっ」

突然、柔らかく、甘い香りのする唇が唇に触れてきた。

「ん……んん……」

頭の中がクラクラしてしまいそうだ。

セカンドキス。それも生まれてから、本日だけで二度目のキスだ。

触れた唇の柔らかさと吐息。そして、目の前にある大人びた美貌に、心臓の鼓動が速まっていく。

二人の舌は、先ほどのキスを思い返すように自然と絡み合い、部屋に淫らな音が響き始めてしまった。

「ん……んん……。さわってください、ご主人さまの手で……」

彼女が進める展開の早さに、頭の中がついていけない。

キスを終わらせてヒスイ色の瞳を潤ませた彼女は、そっとメイド服のファスナーを下げて黒いハーフカップブラを露わにし、大きな肉果実に彼の両手を導いていく。

ふにゅっ。

「んぅ……」

「うわっ、柔らかい……」

藍香の手に導かれた両手が、シルクの布越しに大きな肉果実に触れた瞬間。沈んでしまいそうな乳肌の柔らかさが掌全体を包み、思わず驚いてしまった。

まるで、羽毛の中に手を埋め込んだような感触だ。

さわり心地のいいシルクの下着越しにも、彼女の美峰乳の温かさが感じられ、視線が大きな胸に釘付けにされてしまう。

「好きなように揉んでください」

「う、うん……」

むにゅっ、ぐにゅ……。

「くぁううっ」

緊張しながらも肉果実に指を喰い込ませ、二・三度掌を開閉させて揉むと、柔房が淫らな形に歪み、指の間から乳肌をフニュとはみ出させてくる。

胸を揉む度に彼女の肢体はビクッと震え、形のいい唇から呻き声が聞こえてきた。

「ご、ごめんっ」

声だけで、藍香が痛がっているのが分かる。

そもそも、彼女の胸を見るのはこれで二度目だが、揉むのは初めてだ。

どこをどうさわり、指をどう動かせば女の子が感じるのか、まったく分からない。

しかも、藍香の胸は、釣鐘型の形を維持しているのが不思議なほど柔らかいのだ。

力を入れたら壊れてしまいそうで怖く、彼女を感じさせる胸への愛撫など、初めからできるはずがなかった。

「だ、大丈夫です。こ、こうやって、揉んでください……んぁ」

たどたどしい手つきを責めることもなく、彼女が両手を晴樹の手に重ね、揉み方を教えるように動かしてきた。

柔らかい手に重ねられた掌は、シルクブラごと大きな柔房に沈み込み、円を描くように動かされて肉果実の形を歪めていく。

「んっ……ご主人さまの手が。胸が気持ちよくなって……」

唇を噛み締めた藍香が、長い赤髪をユラユラと揺らしながら、感じていることを伝えるように艶めかしい声で囁いてきた。

初めて揉んだ胸の柔らかさと体温に、晴樹の鼻息は荒くなってしまい、目が充血してしまうほど乳肌を見つめて離れない。

両手で円を描くように肉果実を揉む度に、掌には小さくて硬い頂がブラ越しに転がっているのが伝わり、乱れる下着の隙間から尖っていく様子まで見えている。

「ご、ご主人さま……、す、吸ってください……胸を、おっぱいを吸ってくださいっ！」

「吸ってって……うぷっ⁉」

積極的にエッチしようとしている彼女の方が、晴樹よりも興奮しているようだ。胸の刺激に我慢できなくなった藍香は、重ねていた両手を離して黒いハーフカップブラのホックを外し、露わにさせた濃いピンク色の乳芽を口に押し付けてきた。

「我慢……我慢できませんご主人さま。早く……早く私の胸をご主人さまのものに……」

くちゅ……くちゅちゅちゅるちゅる……。

「ふぅあああっ、んっ……ひゃんんんっ！　くすぐったくて……胸が……あふっ、私の胸がご主人さまに……はふっ、んぁああっ」

彼女が望むまま、顔全体に肉果実の柔らかさと温もりを感じながら、膨らみかけていた乳首を吸った途端。藍香が艶めかしい声で喘ぎ、長い赤髪を振り乱しながら、晴樹の頭を両腕で抱え込んできた。

肉果実に両手を埋めたまま、グミ菓子のような頂に吸い付いた顔は、そのまま彼女の手で大きな柔房に埋め込まれていく。

「んぷっ、んちゅ……ふぷっ……苦しい……」

羽毛のような柔らかさと温もり。そして、甘いミルクのような香りが鼻腔をいっぱいに充満したのはいいが、さすがに苦しくなってしまい顔を左右に振る。

「んんっ。そんなに……そんなに顔を動かさないでください。む、胸がおかしくなって、私……私ぃいい……」

乳芽を舐めながら顔を左右に振ったのが新たな刺激になったのだろう、藍香の肢体が小刻みに震えながら体温を上げてきた。

柔らかい肌は薄っすらと染まりながら汗を噴き出し、桜が開花したように、甘い女の子の香りが部屋中に広がっていく。

口腔の乳芽は完全に尖って舌にぶつかり、乳輪までぷっくりと膨らんでくる。

「んっ、こんなに……こんなに胸がよくなってしまうなんて……」

「うぐっ……ちゅぱ……あ、藍香……苦しい……」

「はんっ……はぁはぁ……えっ？　も、申し訳ありませんご主人さまっ」

やっと苦しんでいるのを分かってくれたらしい藍香が、慌てて頭から両腕を放してくれた。

しかし、胸の刺激がよほど気持ちよかったらしく、熱い吐息を繰り返しながらヒスイ色の瞳を潤ませ、乳悦に耐えられず困ったような表情を浮べている。

露わになった柔房は大きく上下に揺れ、尖った乳芽が唾液にまみれてヌメ光っていた。

「はぁはぁ……そんなに、おっぱい吸われるのが気持ちよかったの？」

「……は、はい」

呼吸を整えて尋ねてみると、彼女が恥ずかしそうに瞳を閉じる。

「そうなんだ、じゃあ……ちゅくっ」

「んはっ、はぁうううっ！」

さっきので、なんとなく胸の愛撫の仕方が分かった晴樹は、彼女を喘がせてみたくなった衝動に駆られ、教えられたように美峰乳を両手で揉んで左の乳芽に吸い付いた。

「こんな……さっきよりも……さっきよりも胸が……ふぁ、ひゃんんんっ」

乳首を吸ったまま、顔を左右に振って柔房をグリグリと愛撫する。

たったそれだけで、胸の刺激に耐えられなくなった藍香は肢体を震わせ、長い赤髪を振り乱しながら嬌声を張り上げてきた。

部屋には彼女の吐息が木霊し、初めて胸に愛撫する彼を興奮させてくる。

「ご、ご主人さま……こ、こちらも、ご主人さまの手で……」

艶めかしい声で話しかけてきた彼女が再び右手に掌を重ね、揉んでいた左胸を離して下半身に移動させていく。

「こっちって……」

左胸を揉み続け、左の乳芽に吸い付いたまま、彼女に動かされていく右手に意識が集中してしまった。

指先が彼女の細腰を辿るように動かされ、さわり心地のいい細脚に触れながら、メイド服のミニスカートを捲り上げていく。

「あ、藍香……」

「さわってください……」

温かくて柔らかい太腿を撫で、掌全体にしっとりとした女熱を感じて生唾を飲み込んだ直後。

グニュ……。

「ふぁあああっ」

シルク布に包まれた熱い淫部の感触を指先に憶えたと同時に、彼女が白喉を見せて嬌声を奏であげた。

重ねられた掌ごと彼女の淫部に喰い込まされていく指には、布から染み出した熱い愛液が絡まり、ヒクヒクとした淫唇の動きまで伝わってくる。

「すごい、これが女の子の……」

まるでそこだけ彼女の肉体とは思えないほどの熱さで蠢く淫部に、思わず声を出して驚いてしまう。

「指……ご主人さまの指が……んっ、んぅ……、ふぁんんんっ！」

グジュ……グジュ……ジュリュ……。

「うわっ、うわぁあああっ」

情けない。と思いながらも、驚きの声がとめられない。

藍香が細腰をくねらせ、スカートを捲った指に淫部を擦り付けてきたのだ。

部屋には濡れた音が響き、メイド服のスカートが徐々に捲れて黒いハイレグショーツに喰い込んだ指が見えてくる。

「ふあっ、んっ……アソコが熱くて……私……」

メイドとして理知的に従事している彼女とは思えないほど妖しく、淫らな姿だ。

見えているショーツは濡れて淫部に張り付き、シルク布越しでも淫核と淫唇の形が分かるほど藍香の大事な部分が浮き出している。

乳芽を含んでいる口は、何度も生唾を飲み込んで乳輪まで吸い上げてしまい。肉果実を揉んでいた手は緊張と興奮で力が入り、柔らかくて温かい乳肌が潰れるほど掌を埋め込んでしまう。

「ご、ご主人さま……。私……私もう我慢が……」

「我慢がって言われても……」

困る。女の子が興奮して我慢できなくなったと言われても、どうすればいいのかなど分からない。

「んっ、はぁはぁ……こうして、こうしてください……くふぅううっ！」

困っている彼を見かねたように、潤んだ瞳で見つめてきた彼女が、突然細腰を浮かせて重ねた手を動かし、淫部をさわっていた手をショーツの中に導いた。

「――――っ!?」

彼女の大胆さに驚いて、もうなにも言えない。

シルクのハイレグショーツの中に入れられた掌には、サウナのように蒸した女熱が包み

込み、薄い草むらとコリッとした女芽。そして、プニュプニュとした淫唇の感触まで伝わってきたのだ。

初めて知った生々しい淫部の感触に、ペニスがジンジンと痺れていく。

「はうっ、んっ……はぁはぁ……こ、ここです……ここが私の……ひゃふっっっ！」

心臓の鼓動が大きくなり、今にも鼻血が噴き出しそうな興奮を感じている中。とうとう指先が淫唇の中に割り込み、ツルツルとした秘粘膜を撫で通って、周りよりも少し硬い秘孔に触れてしまった。

指先に吸い付くように蠢く秘孔は、まるで呼吸をするように小さな開閉を繰り返して指先をくすぐり、次から次に溢れてくる愛液が指全体に絡まってくる。

「藍香、僕もう……もう我慢できないよ」

グジュ……ジュリ……グリュジュリ……。

「ふぅひやっ⁉　あうっ、はくっ、そんな……そんな乱暴に……んぁああっ！」

隠していた肌を見せられ、女の子の大事な部分までさわった興奮に、もう感情がとめられない。

頭に血が上ったように理性を薄れさせてしまった晴樹は、無我夢中で彼女の大きな胸を揉んで吸い、ショーツの中で激しく指を動かしてしまう。

右手の指先には、柔らかすぎる淫唇が絡まり、今にも膣内に指が入ってしまうほど秘孔を擦ってしまった。

「あうっ、んっ……壊れて……壊れてしまいますご主人さまっ。ひゃふっ、んぅううっ」

　本来なら愛撫などとは言えない行為に、藍香が長い赤髪を振り乱しながら喘いでくれた。彼女の肌には、興奮によって浮き出した発情汗が玉のようになって伝い。淫部を擦っている手は、秘孔から溢れた愛液でビショビショにされてしまっている。

「ご、ご主人さま……はうっ。これ以上は……これ以上はさわっていただかなくても……んっ、はぁはぁ……」

　感情任せの愛撫に上気した美貌を見せた彼女が、そっと肢体を動かして離れていく。左手と顔からは、釣鐘型の美峰乳の柔らかさが消え、ショーツの中から出された右手からは、熱い愛液が糸を引きながら滴っていく。

「あ、藍香っ！」

「ご、ご主人さまっ⁉」

　初めて愛撫した女の子の肢体。そして、奏でられた喘ぎ声にもう我慢ができず、晴樹は藍香のメイド服を脱がそうと手をかけた。

「ご主人さま……。ご主人さまになら、なにをされても構いませんが、こ、こんなに気持ちよくしてくださったのですから、今日は、私が……」

　服を脱がそうとした彼をそっと押し返し、蕩けた美貌で見つめてきた彼女が、そっとズボンの股間に触れてファスナーを開けていく。

「藍香……」

「任せてください、ご主人さま」

　ズボンからペニスが飛び出した途端。愛撫を受けて大人びた美貌を蕩けさせて彼女の表情が、なにかのスイッチが入ったように変わり始めた。

　潤んだヒスイ色の瞳は、どことなく獲物を前にした肉食獣のような光を宿し、取り出したペニスをうっとりと見つめてくる。

「こんなに大きくしてくださって……、ベッドに寝てください。ご主人さま」

「う、うん……」

　彼女の手が勃起したペニスに触れ、くすぐったさを感じながら、流されるようにベッドに仰向けにされていく。

「私に、ご主人さまのを……」

　見せるように黒いショーツを片足から引き抜いた藍香が、艶めかしい仕種で股間の上に跨ってきた。

　下から見ると、彼女のすべてが覗け、まるで悪いことをしているような錯覚に陥る。

　濃いピンク色の乳芽を尖らせる釣鐘型の美峰乳に、薄くて赤い草むら。そして、包皮から剥きでている女核も、うっすらと開いて秘孔を見せている淫部も丸見えだ。

　晴樹の興奮はさらに高まってしまい、勃起しているペニスがビクンと脈動しながら、さらに太くなってしまう。

「藍香、本当にいいの？」

「はい、もう気持ちを隠せません……。ご主人さまに、大好きな方にセックスを教えるのは、私です」

決してメイドの務めではなく、私が好きな相手にセックスを教える。と強調した彼女が、そっと淫唇を割り広げながら、細腰を下ろしてきた。

ぐにゅ……。

「うおっ」

「ふぁんんんっ！」

切っ先と秘孔が触れた瞬間。感電したような痺れがペニスから走り、思わず呻いてしまった。

彼女も同じように感じたらしく、挿入直前のまま動きをとめている。

「藍香……」

触れ合った性器同士を見る興奮に、肉幹が何度も脈打ってしまう。

自分のペニスが、女の子の大事なところに入る。その興奮に、今にも理性が吹っ飛んでしまいそうだ。

「私の……ご主人さまに私の初めてを……んっ、んぁあっ⁉」

「は、初めてって……っ⁉」

ここまで積極的だった藍香が、処女だったことに驚いている間もなく、細腰が下りてきた。

亀頭が小さな秘孔を押し広げたと同時に、敏感な部分から走ったムズ痒い刺激に声が出てしまい、緊張で身体が硬直していく。

彼女も初めての感覚に戸惑っているらしく、長いまつげをフルフルと震わせながら、瞳を閉じてゆっくりとお尻を下ろしてくる。

「大丈夫です……、ご主人さまのですから、痛くなんて……くぅんんんん……」

「くっ……、すご、熱くて……絡まってくる……」

膣内の熱さと、無数に粒がついている膣襞が肉幹に絡まってくる感触に戸惑っている中。

切っ先に薄い膜が触れてきた。

「んっ……はぁはぁ……、痛いのは最初だけですから、気にしないでください」

「ちょ、ちょっと待って藍香。僕がゆっくり……」

プツッ、ジュプジュプジュプジュプジュプッ！

「はくっ⁉　ひゃふぅうぅううぅうううぅううう――――――――ッ！」

「くぅおおおっ⁉」

彼女任せではなく、これだけは自分から優しく破ろうとしたのだが、遅かった。

処女を捧げる決心をしていた藍香は、一気に細腰を下ろして処女膜を破り、大きな美尻を晴樹の股間に乗せてペニスの根元まで受け入れてくれた。

部屋には破瓜の痛みをこらえる声が響き、硬直したまま動かない肢体が、その激痛を伝えてくる。

しかし、そんな藍香を気にしている余裕はなど、今の彼にはない。

肉幹全体を包む膣壁の熱さと、優しく絡まってくる膣襞の感触に尿意にも似た痺れが走り、今にも射精してしまいそうな刺激が股間から全身に伝わってきた。

「はうぅッ、あッ、くうう……はぁはぁ……、ご、ご主人さま……ッ……」

「き、気持ちいいよ藍香。すごくよくて、もう出ちゃいそうだっ」

痛さに呻くことしかできない彼女を見ながら、思わず呟いてしまう。

膣壁に締められ、膣襞に絡まれたペニスが激しいムズ痒さで包まれ、今にも出してしまいそうだ。

「う、嬉しいです。感じてもらえて……はぁはぁ……。動き……動きますご主人さま……はぁはぁ……。いつでも、いつでも出してください……ッ。私の中に、ご主人さまの精液いっぱい出してくださいぃいッ！　くうッ、はくッ、ンぁああッ」

ジュプッ、ジュプッ、ジュプッ、ジュプジュプッ！

「くっ」

藍香が痛みをこらえながら腰を動かし、肢体を上下に動かしてきた。

部屋には淫らな挿入音が響き、ただでさえ初エッチの刺激に我慢している晴樹を、より強く興奮させていく。

「うあっ、くっ……そんなに、そんなに動かれたら僕っ」

「ふあっ、はくッ、ご主人さまが……ご主人さまが我慢してる顔、い、いいですッ！　はふッ……痛いのに……痛いのに気持ちよくなってッ！」

破瓜の痛みがあるにもかかわらず藍香が長い赤髪を振り乱しながら喘ぎ、騎乗位の体勢で乱れ始めた。

普段の彼女からは考えられないが、どうやら藍香は責めることで興奮してしまったらしい。騎乗位で肢体を上下させる度に速度が速まり、声から痛みの色が薄れている。

「す、すごいよ藍香……、くあぁっ」

全身を、処女まで捧げて奉仕してくれる彼女をとめることもできず、晴樹は流されるままエッチをし、射精させられそうになってしまった。

「あ、藍香。藍香も気持ちよくなって」

「えッ!? そんな……、ご主人さまさえ気持ちよければ、私は……」

ジュプッ！ ジュプジュプッ！ ジュプジュプジュプッ！

「ひゃふぅうッ！ はふッ、あふッ！ 強い……はひッ、強すぎますご主人さまッ……私おかしく……おかしくなっちゃいますぅうぅううッ！」

いくら彼女が好きなタイミングで射精してもいいと言っても、このままでは終われない。

さらにペニスを締め付けて膣壁と肉幹に絡まってきた膣襞の刺激に、晴樹は歯を噛み締めながら射精をこらえ、細腰を両手で掴んで思いっきり腰を突き上げた。

彼女からではなく、初めて自分から突き上げたペニスは激しく膣襞を捲り返して秘孔を貫き、肢体を浮き上がらせた藍香のメイド服を乱れさせてしまう。

「ふあッ、きゃうんんッ！　はふッ、あッ……ダメ……私が感じてはダメなのに……あうッ！　申し訳ありませんご主人さま……私もう……もうぅうッ！」

メイド服をヒラヒラと揺れ動かす肢体が喘ぎ声を奏でる度に背中を仰け反らせ、上下に揺れ動いている美峰乳を天井に向け始めた。

赤い髪は発情汗で彼女の肌に張り付き、弾けるほど尖った乳芽が小刻みに震えている。

滑らかな腹部は、感じていることを告げるように波打ち。黒いニーソックスに包まれた美脚には、内腿筋が艶めかしく浮き出して痙攣を開始していた。

「すごい、きつく締まって……くあっ、出るっ、ほんとに出ちゃうよっ」

「はふッ、あッあッあっ、はひぃいいッ！　出して……このままッ、んっ……はぁはぁ……ご主人さまの……ください……私をご主人さまだけのメイドに……んんッ」

見ているだけでも射精してしまうような姿に、もう我慢の限界だ。

初エッチの快楽に喘ぐ彼女の膣内は秘孔から奥へと向かって蠕動し、肉幹を舐め溶かすように絡まって強烈な焦燥感を感じさせてくる。

彼女の肢体が大きな胸を揺らしながら上下に動く度に、ペニスはビクビクと脈打って肉幹が膨らみ、内部に濁液が駆け登っていく感触で頭の中が真っ白にされていく。

「も、もうダメ……もうダメですご主人さまッ！　早く……早くください……はふッ、ご主人さまの精液で、はぁはぁ……お腹の中いっぱいにしてくださぃいいいッ！」

「くあっ、くっ、うわぁあっ」

藍香の言葉になにか答えようとするが、もう声にならない。

呻くように声を出し、大きな肉果実を下から鷲掴んで腰を突き上げるだけで精一杯だ。

頭の中は血でいっぱいになり、破裂するほど膨らんだペニスの切っ先から、断続的に先液が迸っていく。

「藍香の、藍香の中に僕のをっ」

限界を感じながらも、最後の力を使って肢体を突き上げ、揉んでいる大きな肉果実を根元から千切れるほど揺らさせる。

指の間から飛び出している乳芽は、小刻みに震えて汗を飛び散らせ。贅肉一つない滑らかなお腹が、精液を受け入れる準備を始めるように下から上へと波打った。

「きてください……きてくださいご主人さまぁぁあぁああぁッ！」

彼女の言葉がきっかけになったように、肉幹が強烈な焦燥感に包まれだした。

自分の身体の一部とは思えないほどペニスが脈動して膨れ、塊のような濁液が一気に肉幹を膨らませて切っ先へと向かっていく。

「ごめん藍香っ、出る、出るよぉおおおっ！」

「は、はいッ、はふッ……ンあッ、あッあッあッ……ひゃふぅううッ!?」

びゅるるッ！　びゅぷるッ……びゅるびぃりゅびゅるるるるるッ！

「んはぁあぁッ！　きてます……ご主人さまのが……いっぱいッ……いっぱひぃいいぃい
いぃいいいいいいいいい――――――――ッ！　ッッ！」

強烈な尿意にも似た痺れを感じた直後。まるで放尿してしまったように、藍香の膣内に白濁液を放出させてしまった。

我慢する。もっと彼女を感じさせたい。などという考えは、一欠けらもない。

そんなことすら考えられないほどの強烈な痺れが股間から走り、とまることなく精液が彼女の中に飛び散っていく。

射精と同時に絶頂したらしい長い赤髪の美少女も、背中を仰け反らせたまま肢体を硬直させ、詰まった吐息を繰り返しながら痙攣を始めている。

「くあっ、うっ、くあああっ！」

「はうッ、あッ、ンぁああッ！　ンぅうううッ！」

自分の体液のすべてが精液になり、彼女の中に放出しているような錯覚すら覚える。

騎乗位のまま肢体を痙攣させ、大きな肉果実を小刻みに揺らしている藍香のお腹は、淫部からお臍へと向かって何度も波打ち、膣襞を絡めながら肉幹を扱いている膣内の様子まで伝えてきた。

「くあっ、くぅうっつっ！」

びゅるるッ！　びゅるるるるるるッ！

「ふぁああッ！　ひゃんんンんンんンん――――――――っ！　はふッ……あッ……ひゃふッ！　あっ……はぁはぁはぁ……はぁ……」

最後の精液を搾り取られるように放出させせた瞬間。秘孔からプシュッと愛液を噴き出した藍香が、崩れ落ちるように身体の上に倒れてきた。

大きな肉果実は、晴樹と藍香の間で潰れて広がり、荒い呼吸を繰り返す大人びた美貌が、悦楽に満ちた幸せそうな笑みを浮べている。

「はぁはぁはぁ……藍香」

「んっ……んんっ……はぁはぁはぁ……」

話しかけてみたが、長いまつげを震わせ、荒い呼吸を繰り返すだけでなにも答えてはくれない。美貌を真っ赤にさせたまま、幸せそうな笑みを浮べているだけだ。

しかし、藍香が初めてのエッチで満足してくれたことだけは分かる。

温かい肢体は、発情汗にまみれながら甘い香りを放ち。ペニスを挿入したままの秘孔がヒクヒクと蠢きながら、膣全体を蠕動させて襞を絡めてくる。

「藍香……」

「はぁはぁはぁ……ご、ご主人さま……」

もう一度彼女に話しかけると、潤ませたヒスイ色の瞳を蕩かせた彼女が、やっと答え返してくれた。が、どこを見ているのかも分からない状態。

まるで夢の中に居るように呆然と晴樹を見つめ、荒い呼吸を繰り返し続けているだけだ。

温かい肢体の体温を感じながら、彼女と見つめ合ったまま時間だけが過ぎていく。

二人の身体から噴き出した発情汗は、混ざり合ってベッドのシーツに流れ、エッチをした痕跡を刻むよう人の染みを広げた。

「ご主人さま……っ⁉　も、申し訳ありません、ご主人さまの上に……」

十分以上だろうか。絶頂の余韻に浸っていた彼女が冷静さを取り戻し、彼の上に乗っていることを詫びながら動こうとする。だが、絶頂した肢体に力が入らないらしい。

気まずそうな顔をしながら、潤みきったヒスイ色の瞳で見つめてくる。

「いいよ、乗ってて」

「で、ですが……申し訳ありません、ご主人さま……」

潰れた大きな柔房の感触も、未だにペニスを扱いてくれる刺激も気持ちいいので、退く必要なんてまったくない。

むしろ、ずっと乗っていてほしいくらいである。

「すごく気持ちよかったよ」

エッチ直後の空いた時間になにを言えばいいのか分からず、つい膣内射精をした感想を呟いてしまったが、藍香が珍しく染まった美貌を隠して恥ずかしがった。

年上で、自分からエッチをしてきたメイドとは思えないほど可愛らしい姿に、思わずペニスがピクンと反応してしまう。

「ご、ご主人さま、今……」

「……ごめん」

情けないやら恥ずかしいやらで、あやまることしかできない。

彼女の照れた姿に、再び膣内のペニスが大きくなってしまった。

「クス……。いいですよ。私の身体は、もうご主人さまのものなのですから……」

再び沸き上がってきた興奮に、彼女が優しい笑みを見せながら抱きついてきた。細腰は再び上下に動きだし、膣襞を肉幹に絡ませながら膣全体を蠕動させてくる。

「そ、それじゃあ……」

「きゃっ」

エッチを続けていい興奮に、晴樹は寝返りをうつように身体を動かし、彼女を下にして正常位の体勢に変えた。

「いくよ藍香」

「は、はい……ふあッ、あッ、はふッ」

正常位のまま腰を動かし、思いっきり藍香を突き上げて大きな胸を揺らす。

部屋にはジュチャジュプと、精液の混じった愛液の淫らな粘水音が響き、彼女の嬌声がさらに彼をエッチにのめりこませていく。

「ひゃふッ、あッあッあッ……きゃううッ！　好きなだけ……お好きなだけ抱いてくださいッ。私は……私はもうご主人さまのものですッ、ふあ……ンぁあぁッ！」

甘い女の子の香りが充満する部屋の中で、晴樹は何回も藍香とエッチを繰り返し、その膣内に精液を注ぎ込んでしまった。

四章　スクミズならぬビキニ猫っ⁉

二人のメイドが来てから、晴樹は初の寝坊をしてしまった。

寝坊といっても、まだ十分学園には間に合う時間なのだが、いつもは眠気覚ましで朝風呂に入っている余裕さえあるのだから、今朝はかなり遅い時間と言える。

「本当に申し訳ございません。私が寝坊してしまった所為で、こんな時間になってしまいまして」

「い、いや。別にいいよ。まだ十分間に合う時間だし」

いつもどおりソファーに座った彼に、ピンクのブラウスに赤いブレザーとミニプリーツスカート。紫のリボンタイに黒いニーストッキングといった、学園の制服に身を包んだ藍香が、バターの塗られたトーストとベーコンエッグを差し出してきた。

ドアを開けられたままのキッチンでは、同じ学園制服に身を包んだ恵莉那がトーストをかじっているのが見え、よほど時間がないのが見て取れる。

「私も食事をしてまいりますので」

「う、うん」

ニコッといつもの優しげな笑みを向けてくれる彼女だが、頬が染まっているその大人びた美貌に、心臓がドクンと高鳴ってしまう。

彼女たちが寝坊した理由。というより、主に藍香が寝坊した理由は、間違いなく昨日の出来事が原因だ。

初エッチで膣内射精した興奮が治まらず、あのあと体力が続く限りエッチしまくってしまい、結局寝たのは新聞配達のバイク音が聞こえてからだった。

当然、なんの関係もない恵莉那が藍香の部屋に起こしに行ったらしいのだが、彼女が自分の部屋に居るわけもなく、結局七時を回ってから慌てて起きて現在に至っている。

「あの、藍香」

「は、はいっ。なんでしょうか？」

ふと思ったことがあって彼女を呼ぶと、顔を真っ赤にさせて振り返ってきた。

「えっと、その……シャワーとか浴びなくて大丈夫？」

キッチンに居るツインテールメイドに聞こえないように、小声で尋ねる。

「大丈夫です。ご主人さまが起きる前に、入らせていただきましたから」

気遣いが嬉しかったらしく、照れ笑いのままヒスイ色の瞳で見つめられてしまった。

思わずその瞳に吸い込まれてしまいそうなほど、反則的な笑顔である。

「「…………」」

互いになにも言えないまま、しばらく見つめ合っていると。

「な、なにしてんのよ。遅刻しちゃうでしょうっ」

キッチンから、恵莉那の機嫌の悪そうな声が飛んできた。

「そ、そうだよな、あははは……」

「そうですね、早く食事をしないと……」

とりあえず笑い、二人そろって適当な言葉で答え返してみるが、どうもその態度がよりツインテールメイドの癇に障《さわ》ったらしい。

「なによっ、二人そろって声を合わせちゃって。いやらしいっ」

フンッと鼻を鳴らし、今にも噛み付いてきそうな瞳で睨まれた。が、どうもなにかに気づいているらしく、青い瞳が何度も晴樹を見つめてくる。

「ではご主人さま。私は向こうで食事をしてまいります」

「う、うん。気をつけて」

たかがキッチンに行くだけで気のつけようもないのだが、思わず出てしまった言葉に。

「なにを言ってるのよ、ここに猛獣が居るみたいじゃないっ」

ある意味、その猛獣になりそうなメイドが、皮肉タップリの言葉をぶつけてくる。

朝ぐらい、ゆっくりとしたいものなのだが、この胃が痛くなるような空気は、言うまでもなく学園に出かけるまで続いてしまった。

※

学園から下校しながら、晴樹はいつものように溜息を吐いて歩いていた。

「どうしてこんなことに……」

なってしまったのだろう。と、本当に悩む。

朝の機嫌の悪かった恵莉那の態度だけでも、かなり精神的に疲れるのに、学園の昼、いきなり藍香が「今日はお弁当を作れませんでしたので」と、満面の笑みで購買のパンを持ってきたのだ。それも大量に。

一学年上で、その容姿プラス大きな胸のお陰で、転校と同時に有名になった美少女が、制服越しにでも分かる美峰乳を揺らし、長い赤髪を靡かせながら話しかけてきたのだ。

なんの関係もないと思っていた同級生の興味を惹かないわけがない。

彼女が一緒に食事を終わらせて帰ったあと、

「なにをしたんだあのセンパイと」

「ナンパか、ナンパしたのかこの身の程知らず」

「よこせ、そのおまえの強運を俺によこして、おまえはおっぱいに埋もれてしまえっ」

とわけの分からない責めを受け、モテモテ裁判の被告人にされてしまった。

「にしても、さすがにおっぱいに埋もれてはないよな……」

歩きながらクラスメイトに言われた言葉を呟き、思わず笑う。

かなり的を射た言葉だ。

昨夜の初体験のときだけでなく、その前にも何度となく藍香には抱きつかれ、本当にあの大きな胸で窒息しかけた。

あの感触を知らない者には、大きくて魅力的なおっぱいにしか見えないだろうが、本当は柔らかくて温かい凶器である。

「ま、誰にもさわらせたくはないけどね」

意味もない決意を呟いたものの、そんな権利は晴樹にはない。

「さて、今日も勉強をして……」

エロいことを。と、下心丸出しの顔で帰宅し、玄関のドアを開けようとした直後。猫の額ほどしかない庭から、水の音が聞こえてきた。

「なんだ？」

チョロチョロと聞こえる音は大きく、高いところから水が落ちていることを物語っている。つまり、誰かがそこに居るということだ。

「誰か居るのか？」

「あっ、変態ご主人さま。もう帰ってきたのね」

一声かけて向かった先には、ブラシとホースを持ってガラス前に立つ金髪の美少女が、ミニスカのメイド服姿で居た。のだが、ひどい出迎えようだ。

「一体なにをしているんだ？　ていうか、もっと優しく出迎えてはくれないのかよ？」

「見て分からないの？　リビングの窓を洗ってるの。ついでに、優しくなんて出迎えられないわよ。玄関前でエッチなことを考えていた発情期ご主人さま」

ひどい名称がご主人さまの前につけられている。とも思うが、そんなことよりも。

「な、なんでぼ、僕の考えていたことが分かるんだよっ」

「やっぱり考えてたのね。鼻の下をデローンと伸ばしていたから、そうだとは思っていたけれど、この変態」

「どこが伸びてたんだよっ、どこがデローンってて、っ」

「どこがって、鼻の下って言わなかったかしら？　鼻の下がデローンとしてたのよ、二メートルほど」

「んなに伸びるかっ！」

化物でもあるまいし、そんなに伸びるわけがない。

「伸びるわよ。伸びてなかったら、変態エロ帝王ご主人さまの欲望が、わたしに見せた幻覚ね」

男が女と口喧嘩して勝てるはずがないのは、数百年は前から言われていたこと。なのだが、さすがに言い返さずにはいられない。

と思ってしまったのが間違いの元だった。

呼び方に、新たな名称が加えられている。

「もういいわ、こんなムダなこと」

勝手に終わらされた。

「それより、紅茶用意しておいたから……きゃっ」

話すのに夢中になり、ホースの水に注意できなかったらしい。彼女が足元にあったホースを踏んでしまい、思いっきり出た水がメイド服を濡らしてしまった。

「まったく、それぐらい僕がやるよ。恵莉那は家に入ってシャワーでも……」

「これはメイドの仕事なのっ。は……ご主人さまは手伝わないでっ」

親切心で言っただけなのに、怒られてしまった。それも、思いっきり睨まれて。

「「…………」」

ビチャビチャと流れ落ちる水音が聞こえる中、二人はしばらく見つめ合ったままなにも喋れず、気まずい雰囲気がその場に流れる。

「え～～っと……」

なんとなく声を出してみるが、なにを言えばいいのか分からない。

迷いながらも目を動かして彼女を見てみれば、水に濡れたメイド服が肌に張り付き、下着と肢体のラインが浮き出していた。

「…………こ、この変態エロ帝王はっ！」

「ぶふぁああっ⁉」

すぐに晴樹の視線に気づいた彼女が、幼さの残る美貌を真っ赤にさせて怒り、ホースを彼に向けて水を浴びせてくる。

「ぶっ、ゲホゲホっ！　な、なにすんだよっ！」

「ご主人さまがエロ変態だからよっ！」

口の中に入った水に咳き込みながら怒ると、一秒もかからず怒鳴り返された。

彼女の言うことも確かに正論だが、水を浴びせることはないと思う。

「たくっ、なにをいきなり……はっくしょんっ！」

なにか文句を言ってやろうと思ったのだが、さすがにこの状況では寒すぎる。

春とはいえまだ寒い。そんな中で、制服どころかパンツまでビショビショにされた状態では、確実に風邪をひく。

「か、風邪ひかれたら、わたしたちがご頭首さまに叱られちゃうんだから。も、もうお風呂沸かしてあるから、早く温まってきてよねっ」

困るもなにも、「水浸しにしたのはおまえじゃないか」と言いたいのだが、すぐにお風呂に入れるのはありがたい。

「どうせ、今日の体育で汗臭いんだろうと思って沸かしておいてあげたんだから、ありがたく思ってよねっ」

（こいつ、本当に僕の頭の中を覗いてるんじゃ……）

と思いながらも、メイドらしい気遣いとも言える。

何はともあれ、そういうことならと晴樹は納得し。

「じゃあ、入らせてもらうよ」

金色のツインテールを揺らしながら、再び窓洗いを始めた彼女に一声かけて家の中に入り、そのまま脱衣所に入って服を脱ぐ。

「着替えは……、別にいいか」

本来なら部屋に戻って着替えを用意すべきなのだろうが、最近はメイドが用意してくれていたので、すっかり忘れていた。

しかし、今は身体を温めることが優先だ。

着替えは、同じ服を着ればいいだけのことである。

「おっ、ちょうどいい温度」

湯船に手を浸して温度を確かめ、機嫌がよくなる。

ボタンを押せば全自動なのだから、適温なのは当然なのだが、あの冷たい態度の恵莉那が気を利かせてくれたと思うだけで、なんとなく感激してしまう。

サブ～～～ン……。

「ん～～～っ、はぁ……」

軽くシャワーを浴びて湯船に浸かると、心地いい水音とともにお湯が溢れ出した。

気が落ち着く瞬間。学園での騒動や、水を浴びせかけたメイドのことなど、今はどうでもいい気分だ。

このまま眠りにつきたい。そんな安心感すら憶えてしまう。

ガサガサ……シュル……。

呆然と天井を見ながら温まっていると、突然脱衣所から物音が聞こえてきた。

藍香がこの家に居れば、背中を流しに入ってくることも考えられるのだが、生憎、今は定期報告でじいさんの屋敷に出向いている最中。となれば、考えられるのは一つだけ。

風呂に入るように促がした金髪メイドが、着替えを持ってきたことぐらいである。

「恵莉那、着替えを持ってきてくれたのか？」

なにも答えてくれない。

先ほど水をかけた気まずさもあるのかもしれないが、一応主人とメイドの関係なのだから、返事ぐらいはして欲しい。

「ん？」

なんとなく脱衣所が静かになった。

着替えを置いた恵莉那が出て行ったのだろう。

(やっぱり慣れないな。こういうのは)

徐々に慣れてはきたが、やっぱり入浴中に脱衣所に人が居るのは落ち着かない。と思いながらも、肩まで浸かって気を抜いていると。

ガチャッ……。

いきなり磨りガラスのドアが開けられた。

「な、なななな、なにやって……」

幼さの残る美貌を真っ赤にさせて入ってきたツインテールメイドの姿に、言葉が出ない。

藍香がバスタオル姿で入ってきたときも驚いたが、今回はそれ以上だ。

恵莉那はバスタオルではなく、エプロン姿で現れたのだ。しかも、下にはなにも着けない状態で。

「なに、なに驚いてんのよ。藍香さんが居ないから、メ、メイドとして、ご、ご主人さまのせ、背中を流すのはわたししかい、いないじゃないっ」

「いないって、そういうことじゃなくて……」

予想もできなかった彼女の行動に、動くことさえ忘れてしまった。

こんなフラグを立てた憶えなんかない。

ただ、目だけは彼女の細い肢体を見つめてしまう。

藍香の胸ほど大きくはないが、お椀型の肉果実がエプロンの胸元を魅惑的に膨らまし、両サイドからはみ出している横乳が、蠱枠的な雰囲気を醸し出している。

しかも、エプロンの胸元には、二つの尖りが軽く浮き上がっているのだ。

藍香よりも細い腰は、エプロンの紐でいやらしく彩られ、魅惑的な桃尻が隠す布もなく明かりの下に晒されている。

ムチムチとした太腿では、エプロンの裾がヒラヒラと揺れながら大事な部分を隠し、タオル姿よりも無防備な分だけ、藍香よりも興奮してしまう姿である。

「そ、そんなに見ない、見ないでよっ。変態っ」

と、言葉を詰まらせて恥ずかしがられても困る。

こんな恰好をしている女の子。しかも美少女を前にして、見ない男がこの世に存在するはずがない。

どんなに見ないように努力したとしても、本能で目が動いてしまう。

「もう、本当にエッチなご主人さまなんだから……。いいから早く出てっ、背中流してあげるからっ」

「え、あ、うん……」

今にも変化しそうな股間を両手で隠しながら湯船から出て、彼女の前の洗い椅子に腰をかける。

「へ、変なこと考えないでよっ」

「あ、ああ。当然じゃないか」

「本当かしら」

晴樹の答えを疑りながらも、彼女が目の前に移動し、ボディースポンジとボディーソープに手を伸ばしていく。

「ぶっ！」

思わず見てしまった恵莉那の姿に、思いっきり吹き出してしまった。

スポンジと容器を取るために屈んだ姿を、真後ろから思いっきり見ているのだ。

密室の風呂場で、湯気が立ち昇っていてよくは見えないが、それでも、染み一つない白く透明な肌に、桃の形をしたお尻。しかも、後ろから直視しているために、その割れ目と閉じたままの淫唇が、わずかながらも見えている。

藍香の裸を見ているから、少しは反応せずに済むだろうと思っていたが、普段露出が少ない恵莉那の肢体に興奮を抑えられず、両手で隠した股間が大きくなっていく。

「き、緊張しないでよ。わた、わたしが恥ずかしくなっちゃうでしょっ」

裸の背中を見せておいて、そんなことを言わないでほしいと心の底から思う。

「じゃ、じゃあ、洗ってあげるから……」

一瞬、両手で隠している股間を見た彼女が、背中側に戻って触れてきた。

「やっぱり、大きい……」

「な、なにがっ⁉」

「……背中」

「そ、そうかな、あはははは……」

大きい。の意味を勘違いして訊いたのだが、その答えにカラ笑いするしかない。

こんな状況でその言葉を言われたら、男なら誰でも別の部分のことを言われたと思ってしまうに違いない。

「う、動かないでよね」

「う、うん……」

少し冷たいボディーソープの感触とともに、スポンジが背中に押し付けられてきた。

さすがに、初めてではないにしても緊張する。

藍香のときは、一つ年上のこともあって、お姉さんが背中を洗ってくれている。という雰囲気もあったが、恵莉那は同い年でクラスも同じ。

そんな彼女が、裸エプロン姿で背中を流してくれているのだ。

身体は緊張でピクリとも動けなくなってしまい、さらに大きくなってしまいそうな股間を、両手で隠し続けるだけで精一杯になってしまう。

「こ、こうすれば、気持ちいいのかしら……」

スポンジが徐々に動き、柔らかく背中に触れてきた。

藍香のときは羽毛で撫でられているような感触だったが、恵莉那は指でくすぐられているような動きだ。

洗い残しがないようにスポンジが動かされ、丁寧に背中を流してくれている。

「せ、背中を洗い終わったから、流すわよ」

「あ、ああ……うおおっ⁉」

彼の前の壁にかかっていたシャワーを取ろうと、恵莉那が背後から腕を伸ばしたと同時に、エプロンからはみ出していた横乳が彼の頬に触れた。

柔らかくて丸い肉果実。藍香の美峰乳より張りが強い感じのする美乳に、両手で押さえられないほど股間が硬くなっていく。

「え、恵莉那。少し意識した方が……」

「い、意識する方が悪いんでしょっ」

無防備すぎる彼女を注意したのだが、一言で終わらされてしまった。

どうやら、ツインテールメイドもおっぱいが触れてしまったことに気づいたらしく、言葉を詰まらせた声が、少し高くなっている。

「せ、背中は終わったから、次は前を……」

「あ、ああ……って、ちょっと待てっ⁉」

流されるように答えてしまったが、さすがに前はヤバい。

「いいから、洗わせなさいよっ」

「無理むり無理ムリ、絶対に無理っ！」

と、顔をブンブン振って拒んでみるが、彼女が言うことを聞いてくれるはずがない。

顔をさらに真っ赤にさせた恵莉那は、金色のツインテールを揺らしながら前に移動して屈み、猫のような青い瞳で見上げてきた。

「洗いづらいから、手、退かしてよ」

「え？」

退かせるはずがない。もし手を退かして興奮したモノを見られてしまえば、どんな目にあわされるか分からない。

「いいから退かして。怒らないから」

冷や汗を額に浮かべながらも、仕方なく退かす。

「――――っ⁉」

完全勃起したペニスを見た彼女が、そのまま動かなくなった。

「あの、恵莉那。さすがに恥ずかしいんだけど……」

「あ、あっ……変態ばかぁあぁあぁあっ！」

パチンッ！

怒らないと言っていたのに、理不尽にも悲鳴した彼女に頬を叩かれた。

「おまっ、怒らないって言ったじゃないかっ」

「お、怒ってなんてないわよ。変態が変なモノを見せたから、驚いただけだもんっ」

彼女が大きくなったモノに驚き、ぶつぶつ文句を言いながらも、スポンジを動かして身体を洗い始めてくれた。が、やはりペニスが気になるらしく、チラチラと見てくる。

しかし、さすがにこれ以上身体を洗ってもらってはいられない。

見られる恥ずかしさもあるが、露わになっている彼女の肢体とさわられている興奮で、今にも我を忘れてしまいそうだ。

「そ、そういえば、ご頭首さまのことで、な、なにか憶えていることってあるの？」

さすがに、異性の身体の前を洗っているという行為に間が持てなくなったらしく、恵莉那から唯一の共通話題を振ってきた。

「……じ、じいさんのことで憶えてることっていえば、確かやたらでかい屋敷と大きな庭があって、その庭に川まで流れていたんで驚いた」

覚えていることを話したあと、急に恵莉那の顔に笑みが浮び、猫のような青い瞳がキラキラと輝き始めた。

「そ、それ以外で、なにか憶えてることってあるの？」

なにを訊きたいのか分からないが、猫のような瞳を震わせながら訊いてくる。

しかし、その顔はどことなく不安と期待が入り混じり、どこか落ち着かない雰囲気だ。

「それ以外、って言われても……それだけ」

一応思い出そうとしてみたのだが、なにも思い浮かばない。そもそも、一度しか会ってないじいさんの顔すら、はっきりとは憶えていない。

「ん？　どうしたの恵莉那」

話し終えた途端。急に顔を曇らせたツインテールメイドに声をかけたが。

「……なんでもない」

と元気のない声で答えながら、身体を洗い続けている。

「それじゃ、もういいから……流してくれるかな」

落ち込んだような彼女の態度に疑問を感じながらも、泡を流して風呂から出ようと彼女に視線を向けた直後、晴樹の目に思わぬものが飛び込んできた。

エプロンの胸元が大きく開き、Ｄカップはある丸いお椀型の肉果実と、その薄ピンクの頂が覗けている。

「もういいの？　だったら……？」

確認するように見上げてきたが、綺麗な胸に視線を奪われてなにも答え返せない。

「ご主人さま、もう流していいのよねっ」

「えっ!?　あ、ああ……」

声を上ずらせて答える。

彼女も晴樹の視線で胸が見えていたことに気づき、落ち込んでいた顔を赤らめながら、そっとエプロンの胸元を押さえて肉果実を隠した。

「もう、どこを見てたのよ……」

（おっぱいを覗いていました）

とは答えられないので、聞こえなかったふりをする。

「シャワー、かけるから」

彼女が目の前で立ち、お湯が顔にかからないようにしながら、泡を流し始めてくれた。

これでようやく緊張したお風呂から出られる。などと気を抜いたのが間違いの元。直接胸を見られなくなったが、今度はもっとヤバイ。

蒸した空気とシャワーから出たお湯を少し浴びたエプロンが透け、ツインテールメイドの肌が露わになっていたのだ。

丸い形の美乳や薄ピンクの乳芽、贅肉のない滑らかなお腹に縦長のお臍。そして、薄い金色の草むらまで透けている。

「そ、そんな姿で目の前に……」

立つなと言いたい。

隠していながらも、見えている胸や淫部。裸よりもエロい姿を見せないでほしい。

「終わったわ……」

「え？」

「だから、洗い終わったから……」

泡を流し終え、キュっとシャワーをとめた彼女が、両手を女の子の大事な部分の前で組み、二の腕で胸を隠しながら話しかけてきた。

いつもの服を着ていれば、いかにもメイドらしい佇まい。なのだが、その姿と恥ずかしがり方から、確実に肌を隠しての仕種だと分かる。

幼さの残る美貌も赤く染まったまま瞳を伏せ、困っているようなその仕種が異常なほど可愛らしい。

「そ、それじゃあ、僕は先に出て部屋に行くから」

「………」

青い瞳を背ける恵莉那に、上ずりながらも一声かけて脱衣所に行き、慌てて身体を拭いてトランクスを穿き、彼女が用意してくれた着替えを手に持って脱衣所から出る。

一瞬、目の端に白いブラジャーとショーツが映ったが、そんなものよりもすごいものを見てしまったのだ。

これ以上の興奮は、身体の毒になる。

「はぁはぁはぁ」

呼吸を乱しながら階段を上り、自分の部屋に入って紺色の半袖Tシャツとジーパン。そして、長袖の青いVネックTシャツを着る。が、落ち着かない。

特に、鎮まることを忘れた股間が、ズボンの中でうっ血してしまいそうだ。

「藍香、早く戻ってこないかな……」

他の女の子で興奮しておいて、こんなことを考えるのは悪いとは思うが、今は彼女に鎮めてもらうしか方法がない。

でなければ、あとは自分で処理するかだ。

《一時間経過》

ベッドに仰向けで転がり、晴樹はじっと天井を眺めているのだが……。

「う～～～～ん……。もう我慢ムリっ！」

まったく、全然ペニスが萎えようとしない。しかも、藍香も帰ってこない。

さすがにもうこれ以上は身体の毒。これ以上勃起し続けてしまえば、間違いなく貧血ルートまっしぐらだ。

ムクっとベッドから上半身を起こした彼は、決心をしたようにティッシュに手を伸ばしていく。

「緊急事態、緊急事態っ」

自分に言い聞かすように呟く。が、本当に緊急事態なのだから仕方がない。

「ご、ご主人さま」

「はいぃいいいっ⁉」

ノックもせず、いきなりドア向こうから聞こえてきた恵莉那の声に、思わず声が裏返ってしまった。

なんとなくデジャヴを感じてしまうが、今回は間が悪すぎる。

「は、入っても大丈夫？」

大丈夫ではない。入ってこられたら、思いっきり困る状況だ。

「や、な、えっと……大丈夫じゃない」

股間が爆発しそうなのに、どうしてこのメイドは分かってくれないのだろうか。興奮させて我慢できない状態にしたのは彼女なのに、男の習性をまったく理解していない。

「そう、でも入るから」

(アホかこの女っ)

入ってくるなと言ってるのに、入ってこようとするなんて、人間としてマナーがなってない。

ガチャッ。

などと考えている間に、ドアを押さえればよかったと後悔してしまう。あっさりとドアが開けられ、メイドが入って……。

「……えっ？」

風呂場に続き、どう反応していいのか分からず、言葉を詰まらせた。

入ってきたのはメイドではなく、ピンクのビキニに、白い猫耳と尻尾をつけた金髪ツインテールの美少女だったのだ。

幼さの残る美貌に、猫を思わせる吊り目が特徴の恵莉那にはぴったりの姿。とも言えるのだが、雑誌などではなく、リアルに見ると痛い。

「な、なんか言いなさいよっ！」

真っ赤な顔で話しかけてきたが、どう反応してほしいのか答えを知りたい。

言えることがあるとすれば、たった一つ。

「なにその恰好？　趣味なら痛すぎるぞ」

「しゅ、趣味なわけないでしょっ！　わたしだってメイドだし、藍香さんに負けたくないから、だから……こんな恰好までしてるのっ。少しは喜びなさいよっ、バカっ」

関係のない人間がこういう恰好をしているなら、エロくて嬉しいのだが、さすがに見知った人間がエロコスプレをしていると呆れる。

「……僕のためにそういう恰好してるのなら、そりゃ嬉しいけど。なんで？」

理由が分からない。

もう一人のメイドに負けたくないとは言っていたが、彼女は晴樹を嫌っていたはずだ。ご主人さまが喜ぶからといって、そんな恰好をする理由がない。

「なんでって訊かれても、ご主人さまの喜ぶことをするのはメイドの務めだし。それに」

言葉を途中でとめた恵莉那が本棚の前に行き、マンガを並べた棚の奥から、一つの雑誌を取り出した。

「それはっ!?」

彼女が言うより先に、声が出てしまう。

「ご主人さまの部屋を掃除したときに、これ見つけた……」

頬を染めたビキニ猫美少女が、瞳を背けながら一つのページを広げて見せてくる。

そのページには、旧型のスクミズを着た女の子が、白い猫耳と尻尾をつけてセクシーなポーズを取っていた。

しかも、その雑誌の別のページには、裸エプロンの写真も載っている。

「こ、この本みたいな水着は持ってないけど、は、裸エプロンとか、こういう恰好、好きなんでしょっ」

しょって、上目遣いで指摘されても、返答のしようがない。

「どうなの？　好きじゃないの？」

「た、確かに好きだけど……。それフィクションだし」

「………………」

恥ずかしがりながらも訊いてくる彼女に、思ったまま素直に答えたのだが、青い瞳を丸くさせて驚いている。

「な、なんなのよっ、もう～～～～っ！　見ないで、見ないでよバカ～～っ！」

「うわっ!?　ものを投げるなって……痛っ、恵莉那が勝手に……」

急に恥ずかしくなったのだろう。いきなり彼女が大きな声で涙ぐみ、水着姿の身体を腕で隠しながら、辺りにあったものを投げ付けてきた。

「う、うるさいっ。ご主人さまがこんな本を持ってるから勘違いしちゃったんでしょっ。これじゃわたし、ただの露出狂じゃないのよ～～～～っ！」

本棚にあった本や小物を投げ付けていた彼女が、恥ずかしさのあまり椅子を手に取り、

頭上に振り上げた。

さすがにこれを受けるわけにはいかない。

晴樹は慌てて椅子を押さえ、床に下ろさせる。

「と、とりあえず、お落ち着いて」

無意識に胸元を見てしまう視線を泳がせながら、幼さの残る美貌を見て話しかける。

「えっと、目の保養はできたからさ、今は出て行ってくれないかな」

彼女のプライドを傷つけないように、ゆっくりと話して落ち着かせる。

今は一刻も早く恵莉那に部屋から出て行ってもらいたい。

その姿で、よけい大変なことになってしまった。

「で、出て行くわけにはいかないのっ。わ、わたしの所為でそうなっちゃったんだから、メイドとして、ご奉仕しなければいけないでしょっ」

「でしょ、って……うわぁああっ⁉」

どうして彼のところに来たメイドは、こうも強引なのだろうか。いきなりベッドの傍まで来た恵莉那が跪き、ズボンのファスナーを下げ始めた。

「な、なにをしてんだよっ」

「なにって、こうしなきゃ……きゃあっ⁉」

たどたどしい手つきでファスナーを下ろした彼女が、いきなり飛び出してしまった勃起ペニスに驚き、可愛らしい悲鳴を奏であげている。

つめてくる。

「しょ、しょうがないじゃない。いきなり飛び出してきたんだもの」

見ただけで緊張しているのが分かるツインテールメイドが、息を呑みながらペニスを見
つめてくる。

「悲鳴あげたいのは僕の方だろっ」

藍香のときには感じられなかった、初々しい態度だ。

「こ、こういうのはいいって、藍香にも……うっ」

「ど、どうしてここで藍香さんの名前が……。も、もう、黙ってよっ。ほ、ほんとは嫌だけど、嫌でイヤで仕方ないけど、メイドとしてご奉仕してあげるんだから……」

つい出てしまった藍香の名前を聞いた途端。柔らかい掌が怯えるように肉幹を包み、少しの変化も見逃さないとばかりに、彼女の瞳がじっとペニスを見つめ始めた。

初めてではないが、ペニス全体から伝わってくるムズ痒いくすぐったさに腰がガクガクとしてしまい、上半身をベッドに倒して天井を見上げてしまう。

「こ、これで、いいのよ……ね、これで藍香さんよりも……」

確かめるように肉幹に指を絡めた彼女が、ゆっくりと手を上下に動かしてくる。

扱くというよりも、肉幹を包んだ手をただ上下させているような動き。しかし、そんなぎこちない奉仕でも、ペニスから痺れるような刺激が走ってきた。

「手が……くあっ」

ベッドに仰向けになったため、ペニスがお腹に張り付くように倒れ、床に膝をついた彼

女からでは奉仕しづらい状態なってしまったらしい。

力を入れてペニスを天井に向けようとしているために、手を上下に動かすスピードが遅くなっている。

「ちょっと、これじゃ……その、できないじゃない、もうっ」

「できないって言われても……おおっ⁉」

ベッドに乗って座り、細腰を前に倒してペニスに顔を近づけてきた彼女の姿に、言葉がとまってしまった。

「黙っててよ、気が散るから……。わたしが一番気持ちよくさせて……ふぁむっ」

「ぬおおおおおっ！」

文句を言いながらも、亀頭に小さくて形のいい唇を被せてきたくすぐったさに、耐えられずに声が洩れた。

藍香との体験で、胸と膣の感触は知っていたが、ペニスを唇で咥えられるのは初めてだ。

唇は肉幹にピッタリと張り付きながら根元まで咥え、生暖かくて湿った空間がペニス全体を包み、口腔では震える舌が肉幹に触れては離れていく。

一回り太い切っ先は、ビキニ猫メイドの喉にまで入り込み、少しぬらつく喉粘膜に亀頭が包み込まれている。

「んぷぅううっ、んぐ……んふぅううっ」

苦しげな嗚咽が聞こえてきた。

肉幹を咥えて上手く呼吸できなくなった彼女が、青い瞳に涙を浮ばせながら、幼さの残る美貌を真っ赤に染めていく。

「え、恵莉那。そんなことしなくていいから……くっ」

「ふ、ふるろ。わらひの口れ、誰よひも気持ひよふさせてあへらんふぁから……んっ、んぶっ、ぶひっ、んっ、んぶぅううっ」

「くっ、くあっっっ」

長いツインテールの彼女が、ベッドに桃尻をつけた姿勢のまま、金色の頭を上下に動かしてきた。

怯える舌遣いと、苦しげな呻き声から、奉仕するのが初めてなんだと分かる姿。

しかし、彼女は必死にペニスを咥え、肉幹に舌を這わせて、痺れるような気持ちよさを感じさせてくる。

今にも腰を振ってしまいそうなペニスの悦くすぐったさに、肉幹が何度もビクビクと脈動してしまい、今にも亀頭に精液が駆け登ってしまいそうだ。

「んっ……んぅ……ぷはっ、はぁはぁ……んん……。んむぅう……」

「すごく気持ちいいよ恵莉那。でも、そんなに無理しなくていいから」

青い瞳を上目遣いにしてきた彼女に話しかけると、嬉しそうに目を細めて金色の頭を上下に動かしてきた。

「んぶぅううっ、んぶぁ……はぁはぁ……んぅえ……んぐっ……むぅう……」

まだフェラの仕方が分からないらしく、必死に頭を動かしてペニスをしゃぶり、唇を捲り返して肉幹を刺激してくる美少女。

苦しい奉仕に青い瞳には涙まで浮び、その姿がより彼を興奮させていく。

「そ、そんなに飲み込まなくていいから、もっと唇で締め付けて、舌を絡めてよ……」

「んぅ、んっ……んふぅう……んぶっ、んチュパ……んぐっ、んっんっんっ」

少し言っただけなのだが、それでコツが掴めてきたらしい。

恵莉那が不器用な音を鳴らしながらも唇で肉幹を締め付け、リズミカルに頭を上下に動かし始めた。

部屋には淫らな口淫の音が鳴り響き、肉幹からはムズ痒くも焦燥的な刺激が走ってくる。

その刺激だけでも興奮するのに、自分の股間を見てみれば、幼さの残るコスプレ美少女が夢中でペニスに奉仕しているのだ。

夢みたいな状況に、肉幹は彼女の口腔でピクンと動き、先液を溢れさせてしまう。

「んぅ……んぷぷっ、んひ……んん……んチュパ……はぁはぁ……んっんっ……」

我慢し続けた性欲と、今感じている奉仕の気持ちのよさに、だんだん頭の中が朦朧としていく。

今まで冷たい態度だった彼女の、初めて見る淫らな姿。

もっと恵莉那のいやらしい姿を見てみたいという欲求に理性が働かなくなり、ゆっくりと手を動かして、丸い肉果実を包むビキニブラに指を伸ばしてしまう。

「んぅ……んチュパ……んぷっ、んふっ、んっ、んチュパ……んふぅうっ？」

手に気づいたビキニ猫メイドが、青い瞳で見上げてきた。が、そんな目に答えてなどいられない。

興奮に動いた手は、そのままビキニブラにかかり、そっと動かして右胸を露出させた。

「んんっ、んチュパ……んひっ、んふぅうぅうぅうぅうっっっ⁉」

まるで卵の殻から剥きでるように、プルンとカップから零れたお椀型の肉果実を見た瞬間。恵莉那がペニスを咥えたまま、悲鳴にも似た声を奏でた。

本来裸になる風呂とは違い、部屋の中で見られるのが相当恥ずかしいらしい。

下を向いても形を崩さない肉果実は、少しでも見られないように揺れているが、視線を浴びた薄ピンクの乳芽がムクムクと尖っていく。

「み、見らいふぇよ……」

青い瞳に涙がいっぱいに溜まり、羞恥の言葉が聞こえてくる。

「すごく綺麗だ。さわっても……」

「んひっ、んっ……チュふぁあ……はぁはぁ……今はまだイヤだから、今胸をさわったら許さないんだからっ。そのかわり……」

ペニスから一度口を離し、胸をさわるのを拒絶したビキニ猫メイドが、片胸を露出させたまま体勢を変え、晴樹の顔に桃尻を向けて身体の上で四つん這いになってきた。

胸が見えていても、さわりづらい体位。

しかし、今度はムチムチとした太腿が顔の横にあり、目の前にはビキニショーツに包まれた彼女の大事な部分がある。

「見せる……見せてあげるだけなんだからっ……んチュパ……んっ、んん……」

「見るだけなんて……くっ」

辛すぎる。

こんな奉仕を受けながら、ピンクの水着に包まれた淫部を見せられるだけなんて、完全に生殺し状態にされているようなものだ。

しかも、水着の布は下着よりも生地が厚く、陰影も透けもしていない。

見たい。という衝動を抑えられず、今にも理性が暴発してしまいそうだ。

「わらしが……わらひの方が藍香ふぁんよひ……んチュパ……んんっ……んふぁ……んっんっんっ……んチュパっ！」

「ちょっ、強すぎるって……っ⁉」

視界に彼の存在がなくなったことで、口淫に集中しやすくなったらしい。金色の頭の上下が速まり、ペニスをしゃぶる音が大きくなってきた。

ここに居ない藍香に対抗するように、さらに熱のこもった舌が肉幹に絡まり、亀頭裏にまで舌先を這わせて奉仕をしてくる。

ザラザラとした舌に愛撫されたペニスからは、強烈な悦くすぐったさが走り、肉幹の内部に我慢し続けた濁液が登っていく。

「や、ヤバい……これ以上は……おおっ⁉」

手加減を知らずに精液を吸い出そうとするフェラの強烈な痺れに、顔を彼女に向けて話しかけたが、さらに刺激的な光景が目の中に飛び込んできた。

今の体勢は、彼女の淫部こそ愛撫してないだけでシックスナインの体位。

当然目の前には白い猫耳メイドのビキニ股間があり、その向こうには、片胸を露わにしたまま揺れる丸い肉果実。そして、胸の谷間越しに、自分のペニスをしゃぶる光景まで見えている。

「すご……」

「んチュパ……んふっ……んっ……んぶぅううっ⁉」

そんな言葉しか思い浮かばない。

あまりに刺激的な光景に、肉幹がさらに膨らみ、思わず腰を動かしてしまった。

猫耳ビキニメイドも、ペニスの変化でさらに彼が興奮してしまったのが分かったらしく、いきなりの口腔突きに呻きながらも、必死にフェラ奉仕をし続けてくれている。

「すごいこんな……こんなの見せられたら、僕も……」

肉幹に尿意にも似た痺れを感じながらも、両手が勝手に動いて彼女の胸に向かっていく。

「んっ……んふぁ……んチュパっ……チュル……んふぅううっ⁉」

口淫の動きがとまり、驚く声が聞こえてきた。

しかし、そんな声は気にならない。

今は両手に感じる水着越しと、直接掴んだ肉果実の柔らかさに夢中になり、尖った乳芽を指の間に挟んで揉みまくってしまう。

「んふぁっ⁉　んひっ……んぷふぁ……やぁんんっ。ダメ……ダメって言ったのに……はふっ、胸……おっぱい揉まれて……ふぁ……」

ペニスから口を離した恵莉那が顔を左右に振り、肢体をくねらせながら拒んできた。

だが、もう手がとまらない。

藍香の柔らかくて、掌が埋まる美峰乳の感触とは違い。恵莉那の胸は張りが強く、掌全体に吸い付いてくるような感じだ。

しかも、指の間で転がる乳芽のグミ菓子のような弾力も楽しく、いつまでも揉んでいたいとさえ思ってしまう感触である。

胸を揉まれる刺激に耐えられない恵莉那は、何度も晴樹の身体の上で上半身をくねらせ、少しでも刺激を抑えようと、彼の手に肉果実を押し付けて動きを妨げてくる。

「む、胸……やめ……やめて……ひゃふっ。そんなに強く……胸は……ふぁんんっ」

藍香よりも、恵莉那の方が敏感なようだ。

乳芽を軽く指の間で扱いた途端。胸の刺激に耐えられなくなったビキニ猫メイドが、目の前の桃尻を左右に振りながら悶え始めた。

しかも、胸を揉む力を強くすれば強くするほど、声が上ずっていく。

「ご、ご主人さま……お願い……お願いだから今は……んぅ……」

「でも気持ちよくて、恵莉那のおっぱいから手を放せないよ」

「そんな……ふぁんっ」

彼女が嫌がることをすればするほど、幼さの残る美貌に微妙な笑みが浮び、肢体がピクピクと反応して艶めかしい声が聞こえてくる。

(恵莉那って、まさか……)

普段冷たい態度で接してくる彼女が、責められると弱いM気質だと気づいた晴樹は、胸を揉む手を本当に放せなくなってしまった。

掌を跳ね返すような弾力の肉果実を潰すように揉み、何度も指の間で薄ピンクの乳芽を転がして、彼女に濡れた声を奏でさせる。

「が、我慢できなく……これじゃわたし……ふぁむっ……んっ、チュパ……チュルっ」

なにを思ったのか、恵莉那は胸の刺激に耐えながら再びペニスを口に含み、敏感な亀頭に舌を這わせてきた。

「くぁあああっ」

さすがに、一番敏感な部分を責められたら動きをとめざるを得ない。

両手は彼女の胸から放れ、無意識に顔横にある太腿を掴んでしまう。

「すごい……そこ、すごく……うっ」

口腔で亀頭全体に舌を這わされ、先割れにまで舌先を潜り込まされた刺激に、思わず肉幹全体が痺れ、尿道に濁液が駆け登り始めてしまった。

切っ先からは耐えられずに先液が何度も飛び出し、彼女の口腔を汚していく。

「んんっ……チュパっ……んっんっ……チュルル……んふぁ」

「ごめっ、でももう……もう我慢できないっ」

上手くなってきた口淫だけでも射精するには十分なのに、ビキニショーツに包まれた淫部を目の前に掲げられた状態では、動くのを我慢することなんかできない。

水着の股布の色を変え、太腿に流れ始めた愛液を見ながら、晴樹の腰は自然に動いて彼女の唇を捲り返してしまう。

肉幹にはジンジンとした痺れが走り始め、尿道が急速にムズ痒くなってしまった。

「んふぅうっ……んんっ……見れ……わらひのアふぉコ見ふぁれれ……」

唇を秘孔に見立てたピストンに驚きながらも、淫部を見られていることに気づいた彼女が、恥ずかしげに訊いてくる。

しかし、「見ている」なんて素直に答えられない。

聞こえてないふりをして、彼女の唇を突き上げ続けた。そうしなければ、唇の奉仕まで受けたペニスが、破裂寸前なほど痺れて我慢できないのだ。

「答ふぇ……こふぁえれくれらいらんれ……んふぁ……はぁはぁ。み、見たければ、見てもいいんだから……」

速まっていく肉幹の脈動で、晴樹の状態に気づいたのだろう。

一度ペニスから口を離した彼女が、尻尾のついたビキニショーツを彼の顔に近づけてきた。しかも、先ほど桃尻を振った所為で股布がずれ、淫部がわずかに見えている。

「こ、これが恵莉那の……じゅろ……」

「ふぅあんんんっ！　はふっ……わた、わたしも……んチュパっ、んんっ、んっ、んっ」

見せられた女の子の大事な部分に、もう行為がとめられない。

彼女の股布を完全に退かした晴樹は、そのまま淫部に顔を押し付け、淫唇を割り広げて薄い色の秘粘膜に舌を這わせた。

ビキニ猫メイドも再びペニスを咥え、腰を突き上げるタイミングに併せて、金色の頭を動かしてくる。

「すごく、すごく綺麗だ……」

「ふぁう……んっ、んっんっ……恥ふぅかひいのに……んん……」

プニュプニュとした淫唇がヒクつき、その中で愛液にまみれて濡れ光っている秘粘膜と秘孔が、素直に綺麗だと感じた。

内腿筋を浮き上がらせた両脚にも愛液が伝い、淫らながらも美しすぎる。

藍香と初体験をし、一時間前のお風呂でもツインテールメイドの淫部を見たが、ここまでよくは見えてない。

ヒクヒクと蠢く淫唇や秘孔。膣から溢れてくる愛液のすべてが見えている状態。本来なら決して見ることのできない女の子の大事な部分に、興奮が限界を知らないように高まっていく。

彼女の口腔で愛撫されるペニスは、舌が這わされてくる度に強烈な痺れが走り、我慢できない白濁液がどんどん亀頭に向かって駆け登り始めた。

「見える、見えるよ全部、恵莉那の中まで全部……っ⁉」

舌先で秘孔を舐め、指で少し広げて膣内を覗いた瞬間。暗い孔の奥に薄い膜が見えた。

「しょ、処女膜ってこんな……くあぁっ！　もうっ、もうダメだっ！　こんなのまで見せられたら、僕っ、僕っ！」

本来なら決して見せてはくれない部分まで覗けた興奮に、亀頭が瞬く間に膨れ、舌を這わされた先割れから生まれた鋭い痺れが、一気に頭の中まで直撃してきた。

ペニスは強烈な尿意にも似た痺れが走り回って切っ先を開き、射精を告げるように先液が迸っていく。

「んっ、んぅううっ⁉　ビクビクってふぃっれ……んぶっ、んぐっ、んぅんんっ！」

腰がとまらない。

白濁液がどんどん狭い尿道を駆け登り、一気に弾けでようと鈴口をこじ開け始めた。

頭の中は射精することしか考えられなくなり、彼女の桃尻を鷲掴んで、何度もペニスをピストンさせてしまう。

「わらひ……わらひも……もふ……んチュパっ、んんっ、んっ、んッ、んっ」

ビキニの猫耳メイドも、喉へのペニス突きと秘孔責めで絶頂に昇り始めたらしく、晴樹の上で四つん這いさせた肢体を前後に揺れ動かしながら、濡れた声を奏でてきた。

ビキニブラから零れている胸は、水着に包まれた肉果実とともに大きく揺れ、尖りきった乳芽から発情の汗まで飛び散らせている。

長いツインテールの毛先は淫らに揺れまくり、秘孔から溢れて太腿を伝った愛液が、ベッドシーツに染みを広げた。

「恵莉那っ、出るよ……出すからねっ！」

「んぶぅうっ、んぐっ、んひっ……んチュパっ……んぐっんぶっんんっ！」

淫らな彼女の姿と奉仕されるペニスの刺激に、彼の我慢も限界に達しようとしている。

肉幹全体が強烈なムズ痒い痺れに包まれ、切っ先が痛痒くて今にも狂ってしまいそうだ。

ビキニで、猫耳のコスプレまでしてくれている美少女メイドの口に放出する。

その興奮に頭の中が真っ白になり、一気に精液を放出させようと、ペニスを根元まで唇に差し込んだ瞬間。

目の前に見えた淫唇の前側。薄い草むらの中で愛液にまみれてキラキラと光っていた女芽に、無意識に吸い付いてしまった。

「んふぃっ⁉　そこ……ふぉこらめ……ふこは一番……んんっ！　らめ……らめぇええぇえぇええぇえええぇえぇええ――――っ！　っ！　っ！」

「くおっ、くおおおおっっっ！」

びゅぷるるるっ！　びゅる……びぃりゅびゅるるるるるるるっ！

プシュッ！　プシュウウウウウゥゥゥゥゥゥ……ッ！

耐える間などない。

女芽に吸い付いたと同時に彼女の唇から悲鳴が洩れ、震える喉とめちゃくちゃに動かされた舌に刺激を受けたペニスが悦痺れを起こし、強烈な開放感とともに大量の精液が迸ってしまった。

彼女も、肢体の中で一番敏感な淫核の刺激に耐えられず、晴樹の上で四つん這いにさせた肢体をビクビクと痙攣させながら、大量の愛液を秘孔からしぶかせて彼の顔に噴きかけてくる。

「くおっ！　出る……恵莉那の口にまだ……まだ出る……」

何度も腰を突き上げ、痛痒い痺れを感じながら彼女の口腔に射精を繰り返す。

自分に冷たい態度をする美少女の口を汚す。その快感に何度もペニスが脈動し、精液を肉幹に駆け登らせていく。

頭の中は真っ白になったまま戻らず、半ば力尽きたようにベッドの上で大の字になり、荒い呼吸を繰り返しながら秘孔と桃尻を呆然と見つめてしまった。

「んぅう……んっ……んぅううっ、ひむぅううっ」

何分。いや、数十秒だったかもしれないが、最後の放出を終わらせ、射精後の脱力感と開放感に身を委ねていた晴樹の上から、ツインテールメイドが退いていく。

だが、肢体は未だにブルブルと震え、秘孔からは漏らしたように愛液が滴ったままだ。

こんなことをしてしまったのがよほど恥ずかしいらしく、うつむかせた顔を見せてくれることはなく、露わにしたままのお椀型の肉果実が、汗にまみれて大きく揺れている。

「…………」

彼女がベッドに桃尻をつけてアヒル座りになったが、なにも言ってこない。

ダメだと言われたのに胸を揉み、淫部まで舐めてしまったのだ。いつもの恵莉那なら、冷たい視線と態度で文句の一つは言ってくるはずである。

「恵莉那？　……っ⁉」

気だるい身体を動かして上半身を起き上がらせると、猫耳をつけた金髪ツインテールの彼女が、細い眉をハの字にして涙ぐみ、頬をいっぱいに膨らまして困っていた。

「ご、ごめんっ。口に……い、今、ティッシュを……」

頬を膨らましている彼女の姿に、晴樹は慌ててティッシュに手を伸ばした。

「こ、これに……」

「んぅう……んぅ……んぐっ……んぐっ。ゴクッ……ゴクッ……んぅ……はぁはぁはぁ……んグッ……んぇ……」

慌てて取り出してグシャグシャになったティッシュを渡したが、猫耳ビキニのメイドはそれを受け取ることもなく、青い瞳を潤ませながら見せるように白喉を動かしている。

「ご主人さまのせ、精液……はぁはぁ……全部飲んじゃった……」

顔を真っ赤にさせながら、彼の体液を嚥下した彼女が、猫のような瞳の端を下げた恥ずかしそうな表情で呟いた。

白い猫耳のピンクビキニのまま、片胸と淫部を露わにし、互いの性器を愛撫して絶頂した肢体を晒す美少女。

あまりに可愛らしく、そしていやらしすぎる姿だった。しかも、開いた唇の中では、まだ白い粘液を纏わり付かせた可憐な舌が震えている。

「え、恵莉那……僕っ！」

「きゃっ⁉」

性器愛撫で絶頂し合い、こんな淫らな姿まで見せられたら、エッチの欲求を抑えることなどできない。

感情に任せたまま彼女をベッドに押し倒した晴樹は、正常位の体勢で、急速に力を取り戻したペニスを淫部に近づけていく。

「ふにゃあ……やっ！　こ、こんなことでなんて……」

「で、でも、挿れたいんだ。今の恵莉那、ここに来て初めて会ったときよりも可愛くて」

感情を抑えられず、グイッと腰を動かして秘孔に亀頭を押し付けた途端。

「は、初めて会ったときって……ダメ、やっぱりエッチはダメぇえええっ！」

シックスナインで同時に絶頂し、見せるように精液まで嚥下してくれた彼女だ。

当然このままエッチもできると思っていたのだが、突然ビキニの猫耳メイドは慌ててベッドから飛び降り、今まで見えていた胸と淫部を両手で隠した。

「恵莉那、どうして……」

「だ、だって。今のご主人さま……わたし、ダメって言ったらダメなのっ！　調子に乗らないでよエロ変態さまっ、バカぁあああっ！」

バタンッ！

意味が分からない。急に拒否されてしまった。

彼女の居なくなった部屋には女の子の匂いが充満し、シーツには愛液の染みと金色の髪の毛が数本落ちている。

（あそこで僕は……）

数十秒前まで、いつも冷たい態度のツインテールメイドとエッチなことをしていた。

そう思うだけで顔がニヤけてしまい、胸を揉んだ手に柔らかな弾力が蘇ってくる。

「ヤバッ、また治まらなくなりそうだ」

肢体の感触を思い返しただけでペニスが反り返り、肉幹がジンジンとし始めた。そして何よりも、最後までできなかった無念さが込み上げてきた。

「こ、これどうすればいいんだよっ！」

エッチできなかった悔しさを物語るように、疼くペニスを感じながら叫んでみたが、恵莉那が戻ってくることはなかった。

五章　記憶の中の女の子っ⁉

いつもと同じ通学路を下校している晴樹だが、今日の彼は間違いなく厄日だった。

学園では、妙な感じで有名になってしまった藍香との関係が広まり、「あんな美少女と付き合ってるなら、彼女の下着の一枚は俺によこせ」という変態がやたらと現れたのだ。

しかも、「よこさないのなら、これからおまえの学園生活は生き地獄にしてやる」という脅しつきで。

別にそんな脅しが怖いわけではないのだが、とりあえず一枚でも貰って、変態たちに取り合いにさせるのも面白いかもしれない。

などと思ったのだが、常識的に考えて藍香が下着をくれるはずもないため、今日一日でかなりの人間を敵に回したことは間違いない。

「はぁ～～～っ、ただでさえ疲れるのに……」

歩きながら、もはや癖になってしまった溜息を吐く。

問題は藍香のことだけではなかった。

同じクラスに転入してきた恵莉那の態度が、異常なほど冷たすぎる。

今日も何度か視線が合ったのだが、今までは冷めたい視線で無視。というのが普通の状態だったのに、今日は嫌悪を越えて、殺気すら込められていた。

しかも、その視線に気づいたクラスの女子までもが、彼を変態でも見るような視線で蔑んできたのだ。

あまりにも理不尽な行為に「僕が一体なにをしたっ！」と叫ぼうとしたのだが、心当たりがありすぎるうえ、そのことがバレてしまったら、間違いなくクラスの男子と女子に殺されてしまうのでやめた。

「まったく、少しは気を遣ってほしいものだ」

と呟いてみる。

あまりにも学園で運が悪かったため、この通学路に来る前にゲーセンに気晴らしに行ったのだが、そこでも運がなかった。

ネット対戦のゲームで連敗、ただの金損である。

「僕、なにか悪いことでもしたのだろうか？」

もう何もかも疲れ、呟きながら重い足取りで歩いていれば……。

ポツ……ポツ……。

雨まで降ってきた。

本当に、どこまでもツイてない男である。

「どこかで雨宿りでもするか……」

降り始めたばかりだというのに、もう雨足が早くなってきた。

走って帰ったとしても、家につく頃にはビショビショになっているのは確実なほどだ。

通学路の途中で雨宿りできる場所といえば、やたらとでかい公園ぐらいしかない。

最近になっては一度も行ってないところだが、あそこなら屋根のついた休憩場所や大きな木も何本もあり、雨宿りには最適な場所である。

雨が勢いを増す前に避難しようと、晴樹はその公園に向かって走り、屋根の設置された休憩場所に入ろうとしたのだが……。

「さすがに、あそこには入れねぇよな……」

考えることは皆同じ。

帰宅の間に合わなかった幼児連れのママさんたちが、固まるように集まって井戸端会議を開いている。

さすがに、そんなところに入る度胸は彼にはない。

となれば、雨を避けられる場所は木の陰しかなく、休憩場所をあとにした晴樹は濡れ始めた地面を蹴って走り、公園の中でも一番大きな木に向かった。

ザ――――――――ッ！

「ふぅっ。間一髪だった」

木陰に飛び込んだと同時に、一気に雨音が強くなり、滝のように雨粒が降ってきた。

当分は降り続けるような勢いだが、少し先の空には青空が見える。おそらく、そんなに時間もかからずにやむのは間違いないだろう。

「しゃあないな。少しここに居れば……あっ」

「えっ？」

雨に濡れないように、枝が広がった大きな木の陰に潜り込んだのだが、それがまずかったらしい。

同じことを考えた人物。しかも、今一番出会ったら気まずい相手が、ミニスカのメイド服姿でそこに居た。

「な、なんでこんなとこにっ」

「あ、あんたこそ。どうしてわたしが居る場所にくるのよっ」

よほど驚いているのだろう。

口調が少しおかしいうえ、あんた呼ばわりだ。

(よかったな、僕が心の広いご主人さまで)

などと口にしたら、間違いなく張り倒されるので、言わないことにしておく。

「まったく、帰りが遅いから、藍香さんが心配していたんだからね」

そう話したツインテールメイドは、彼に興味がないと言わんばかりの態度でフンっと鼻を鳴らし、そのままそっぽを向いた。

心配とは言っても、決して自分ではなく、藍香というところが肝心らしい。

「ところで、それなに？」

別に気になっているという程でもないが、この気まずい間を持たせるために、彼女の持っているスーパーのビニール袋を覗き込む。

「なにって、夕食の買い物よ」

そんなことは見れば分かる。

訊きたいのは、その袋の中に入っている食材と、作られるであろう夕食のメニューだ。

「なによ、そんなに袋の中を気にしちゃって。食べたいのなら、生肉があるわよ」

「僕はケモノかよっ」

どんな扱いなのだろう、焼いてない肉など食べられない。

「フンっ、あまりわたしを見ないでよねっ」

お決まりの鼻を鳴らして顔を背け、勝手に会話を打ち切られた。

人を動物扱いしたと思えば、今度は他人のふり。

本当にメイドらしくないメイドである。

「たくっ、なんなんだよ……」

呆れながらも、どうせ言ったところでムダなのは、この数日の生活で理解させられている。晴樹は溜息と同時に肩を落とし、彼女の姿を見ながら呟いた。

金髪ツインテールに幼さの残る美貌、そしてスタイルのいい身体。

黙っていれば、これほど画になる女の子はいない。

今の姿だけでも、このまま写真か絵画のモデルとして作品にし、『木陰で雨宿りしている少女』、というタイトルがついてしまいそうな雰囲気だ。

（本当に見かけだけなら最高なんだけどな。特に、雨に濡れたメイド服が肌に張り付いているとことか……）

「うわっ⁉」

マズイことに気が付いてしまった。

情緒を醸す雰囲気が、完全に一変している。

雨に濡れた恵莉那のメイド服が肢体に張り付き、布にブラジャーのラインが浮き出しているのだ。しかも、ミニスカートから露わになっている太腿も雨粒で濡れ、いやらしさを醸し出している。

「ど、どうしたのよ。急に黙っちゃって」

答えように困る。彼女の姿に、昨日のことを思い出してしまったのだ。

猫耳ビキニ姿の彼女。そして、露わになった柔房と淫部が記憶の宝箱から飛びだし、つい奉仕された唇を見つめてしまう。

「唇見て、なにを……っ⁉　へ、変なこと考えないでよね、変態スケべっ」

「へ、変なことなんて……」

ないとは言えない。

「き、昨日のは、わ、わたしも少しおかしくて……。そ、そうよ、ただ寝ぼけてただけなんだからねっ！」

「寝ぼけてたって……」

言い訳になってない。

昨日、晴樹が家に帰ってからあの行為があるまで、金髪の彼女と離れていた時間は、そんなに多くはなかった。

恵莉那も自分の言葉が言い訳になってないことに気づいたらしく、顔を真っ赤にさせてバツの悪そうな表情を浮べている。

（言い訳くらい、もっと考えればいいのに）

顔を背けているツインテールメイドの姿を、少し可愛いと思いながらも、状況はまったく変わってないことに気づく。

今の彼女は、昨日よりもエッチな姿とも言える。

服で隠していながらも、下着のラインが浮き出した状態というのは、ある種のフェチにはたまらない姿である。

「ど、どうしてそんなにエッチなのよ……」

チラチラと横目でツインテールメイドを見ていた晴樹だったが、その視線に気づいた彼女が、急に恥ずかしがり始めた。

彼にしてみれば盗み見ていたつもりだったのだが、どうやら思いっきり見つめていたらしい。

「そ、そんなに見ないでよっ」

いきなり怒った恵莉那が、木陰から飛び出そうとしている。

「ちょっと待てって。今ここから出たら、雨に濡れちゃうだろ」

「エロ変態に見られるくらいなら、雨に濡れて帰った方がマシよっ」

ここまで嫌われる理由が未だに分からないが、このまま帰すわけにはいかない。

晴樹は慌てて彼女の手を掴み、木陰に引き戻した。

「な、なにするのよ。わたしは帰るのっ」

「僕のことが嫌いなのは分かったけど、少しは我慢しろよ。あと少しでやむから」

「そんなこと信じられないわよ。それに、やむなら歩いているうちに……」

ジジ……ジジジジジ……。

彼女を引き止めていると、偶然制服の袖がメイド服のファスナーに引っ掛かり、胸元を緩めてしまった。

「きゃっ、きゃぁあぁあああっ」

意図してない偶然の結果。しかし、白いハーフカップブラに包まれた柔房を晒してしまった彼女は、両腕で胸を隠しながら睨んでくる。

「ご、ごめん」

「ど、どうせ、わざとなんでしょ。ご主人さまにとって、メイドなんてエッチなことする相手でしかないんだから。だったら、シてあげるわよ」

慌ててあやまるも、勝手な理由をつけて怒った恵莉那が、ズボン越しに晴樹の股間に柔らかい手を這わせてきた。

「そんなこと思ってないから、やめろって」

晴樹は白いブラに包まれた透明感のある柔房に目を奪われながらも、彼女を押し返してやめさせようとしてみるが、なぜか金髪美少女をとめられない。

「わ、わたしがシてあげるって言ってるんだから……」

ガサガサガサ……。

「え？　きゃあああっ⁉」

パキッ！　ドサッ……。

彼の拒みを無視しながらも、自棄《やけ》になったように奉仕をしようとしていた恵莉那が、突然聞こえた草音に驚いて足元にあった小枝を踏み、そのまま尻餅をついてしまった。

音の原因はなんてことはない、ただの風に木々の枝と草が靡いた音だ。

しかし、青い瞳を丸くさせた彼女のスカートは捲れ、白いショーツが露わになっている。

「か、風の音……きゃっ」

音の正体に安堵したツインテールメイドが自分の姿に気づき、可愛らしく悲鳴をあげながら責めるような目で見つめてきた。

「み、見たでしょっ」

「い、いや。見てないよ」

今さらなにを言っているのだろうか。とも思うが、慌ててスカートを元に戻している彼女から、晴樹は慌てて目を背ける。

「もう、本当にエッチなんだから……痛っ」

驚いたことで冷静になったのだろう。さっきの自分の行動に恥ずかしがり、頬を染めながら立ち上がろうとした彼女が、急に右足首を押さえて顔を顰《しか》めた。

どうやら、小枝を踏んだときに挫いてしまったらしい。

「ちょっと見せて」

「べ、別にそんなにひどくないから……つっ」

拒否する彼女を無視して足首に触れてみるが、どうやらそれだけで痛いらしい。

「恵莉那、服直して。おぶってあげるから」

「おぶ、おぶるってっ⁉　なにをいきなり言ってるのよ、そんな恥ずかしいこと。それに、メイドがご主人さまにおぶってもらうなんて……」

「怪我してるのに、主人もメイドもないだろっ。黙っておぶされよっ……」

「う、うん……」

少し強めに言ったのだが、正解だったらしい。

一瞬青い瞳を丸くさせた恵莉那が顔をうつむかせ、上目遣いで晴樹を見つめながら、乱れたメイド服を直した。

「さ、早く乗って」

「は、はい……」

彼が膝を曲げて屈むと、いつもの彼女からは考えられないような弱い声で返事をし、ゆっくりと背中におぶさってきた。

背中に柔らかい物体を感じながら、そっとメイドのムチムチとした太腿に手を回し、落ちないように支えて立ち上がる。

一時的だと予測していた雨も小降りになり、今なら、そんなに濡れることなく家に帰れるだろう。

「じゃあ、行くぞ」

「……か、鞄と袋はわたしが持つから」

しおらしく返事をしてきた彼女が、スーパーのビニール袋と晴樹の鞄を持ってくれた。

「しっかりと掴まっていろよ」

「……うん」

肩越しに首に回された細い腕に力が込められ、彼女が身体を預けてくる。

いつもの冷たい態度ではない恵莉那。まるで、幼い子のように大人しくなった彼女を背負って一歩。また一歩と足を踏み出して、公園から家に向かって歩いていく。

初めて感じる重み。それなのに、どこかなつかしさを感じた。

記憶を辿り、そのなつかしさの原因が頭の片隅から蘇ってくる。

「そういえば……」

昔、一度だけじいさんの屋敷に行ったときに、一緒に遊んだ女の子。

その女の子が屋敷の中に流れていた川に落ちたのを晴樹は助け、ビショビショになったまま泣く彼女を、今みたいにおぶって帰ったことがある。

今考えてみれば、かなり印象的な光景だった。なにせ、その女の子は濡れたときに服が透け、白い肌が露わになっていたのだ。

しかし、どうしても彼女の顔だけが今も思い出すことができない。

濡れた女の子の姿。服越しに見えた胸やショーツの印象が強すぎたために、それ以外の部分がぼやけてしまっている。

唯一思い出せたのは、その子の髪がツインテールで可愛かったことくらいだ。

「ね、ねぇ……」

「ん、なに？」

思い出そうとしていた彼に、恵莉那が背中から話しかけてきた。

「……わたしのお尻、さわってる」

「ご、ごめんっ」

昨日、もっとすごい部分をさわっているにもかかわらず、あやまってしまう。

しかし、太腿からずれた手をすぐに動かしたら彼女が落ちてしまうので、柔らかいお尻から手を放すことができない。

「べ、別にいいわよ」

恥ずかしそうに彼女が呟いた。

こんなときは、別の話題を振って間を持たせるしか方法がない。

（共通の話題ってなにか……）

と考えてみるが、楽しくなるような話題などない。

学園のことを話しても面白くないし、家に居るもう一人のメイドのことを話題にすれば、金髪美少女の機嫌が悪くなるのは必至だ。

「そ、そういえばさ。昨日の話だけど」

「昨日って、またそういう……」

無難な昔のことを話そうとしたのだが、お尻をさわっていることもあって、ツインテールメイドが怪しんできた。

「違うって、そういうことじゃなくてさ。昔、じいさんの家に行ったときの話だけど」

「え？　う、うん」

興味ありげに、彼女が耳を傾けてくる。

「そのときに、多分じいさんの知り合いの娘だと思うんだけど、そこで同い年くらいの女の子と遊んだことがあって、今みたいにおぶって帰ったことがあるんだ」

「…………それで」

少しの間のあと、静かな声で答えてきた。

あまりにつまらない話題に、怒っているような声色である。

「それで、それ以外は？」

まだなにか訊きたいらしい。

仕方ないので、今思い出したことのすべてを話しながら歩いていく。

「……と、これくらいだけど。でも、女の子の姿の印象が強すぎて、まだ顔がよく……。でも恵莉那みたいなツインテールで、それがすごく可愛かったんだ」

「…………やっと」

話を聞き終えたツインテールメイドが、声を震わせている。

「やっと、思い出してくれた……。褒めてくれた髪のままだったのに、もう忘れちゃったんじゃないかと思って、わたし……わたし悲しくて……ひっく」

背中に居る金髪メイドの身体が震え、首筋に涙が零れ落ちてきた。

「恵莉那、思い出すって……えっ、ああっ!?　あれ、恵莉那だったのかっ」

「今ごろ思い出すなんて、鈍感すぎよっ、バカ」

嬉しそうな声が背中から聞こえてくる。と同時に、細い両腕に力が込められ、丸い柔房がより背中に押し付けられてきた。

「あれが恵莉那だったなんて……。なら、最初っから言ってくれればよかったじゃないか」

「だって、数年ぶりに会えると思って喜んでたのに、会った途端『はじめまして』なんて言ってくるんだもん。それで、わたしのこと忘れたんだと思ったら急に頭にきちゃって、困らせてあげたくなって……」

その言葉で、今まで冷たかった態度の理由が分かった。

忘れていた。それがすべての原因だったのだ。

自分は未だに幼い頃の顔も思い出せないでいるのに、恵莉那はずっと覚えていてくれた。

彼女が怒るのも当然である。

「でも、あんなことをずっと覚えていたなんて、記憶よすぎだろ」

「よすぎってっ⁉　だって……、川に落ちたわたしを必死に助けてくれて、おぶって帰ってくれたときから、す、好きになっちゃったんだもん……」

「えっ？」

言葉に詰まる。

突然の告白。しかも、自分を嫌っていたと思っていた金髪美少女の告白に、晴樹は胸がドキドキとしてしまい、そのあとの言葉が出なくなってしまった。

※

「「……………」」

恵莉那をおぶって家に帰り、リビングに立っているのだが、間が持てない……。

足を挫いたツインテールメイドは、いつも彼が座っているソファーに座って休んでいるが、恥ずかしがって顔すら見せてくれない始末だ。

藍香は、恵莉那をおぶって帰ってきたことに、立ちくらみでもしたようにふらついたあと、「メイドがご主人さまにおぶさるなんてっ！」と怒ったが、理由を訊いたあとは湿布を買いに行くと出かけてしまった。

つまり、現在この家には、気まずい雰囲気になった二人しか居ない。

そもそも、告白を聞いたあと、一体どういう対応をすればいいのだろうか。

告白なんて一度もしてもらったことのない晴樹には、どうすればいいのか理解不能な状況。未知の領域である。

よくよく考えてみれば、一度だけ、エッチをする前に藍香に言われたことがあるのだが、あれは興奮した中で言われた言葉で、ここまで考える余裕もなかった。

「い、いつまで立っているつもりなのよ。す、座ったら」

「あ、ああ……、そうだな」

考えあぐねていた彼を見かねたように、恵莉那が自分の隣をポンポンと叩き、ソファーに導いた。

「べ、別に、そんなに悩まなくてもいいんだから。わたし、一応メイドだから、ご主人さまに好きになってもらわなくても……」

冷たかった彼女のしおらしいセリフに、心臓がドクンと高鳴ってしまう。

見返りを求めないと言いながらも、その青い瞳は甘えるような視線で晴樹を見つめ、両手がスカートの裾をギュッと握っている。

「え、えっと……僕も好きかも……」

「好きかも？」

瞳に急かされるように答えた彼の言葉に、金髪の美少女が小首をかしげ、上目遣いで訊いてくる。

ある意味、男を惑わせる反則的なポーズとも言えるが、今の彼には精一杯の答えだった。

惹かれているが、その感情が好意とは限らない。それにこの場には居ない藍香にも、同じような感情を抱いているのだ。

「くすっ、いいわ、今はそれでも」

魅了するように笑った彼女が、これ以上の答えを求めなくなった。しかし……。

「あの……でもね。わたし、藍香さんには負けたくないの」

「負けたくないって、なにを？」

なんとなく理由は分かるが、今の段階ではどっちが勝っているということはない。

特に、恵莉那の知っている状況では、口奉仕した自分の方が有利だと思っているはず。

となれば、そこまで藍香に対抗心を持たなくてもいいはずなのだが。

「も、もう……、どうしてそんなに鈍感なのよ。だ、だから……その、わたしも藍香さんみたいにエッ……エッチさせてあげるっ」

「————っ⁉」

いきなりのことに驚いてしまう。というよりも、藍香との関係を知られていたことが、さらに驚きを倍増させた。

考えてもみれば、同じ家に住んでいるのだ。エッチしたときの声を、聞かれていないはずがない。

どうりで、対抗心を燃やしているはずだ。

「な、なんで藍香との……って、そんなことよりも、こんなことでエッチって……」

「な、なによっ、わたしじゃ不服なのっ。エ、エッチさせてあげるって言ってるんだから、素直にわたしを抱きなさいよっ！　んんっ」

「────っ⁉」

再び驚かされた。

いきなり柔らかい唇が唇に触れ、舌が口腔にすべり込んできたのだ。

舌と舌が絡まる濃厚なキスに、ずっと彼を想い続けてきた彼女の気持ちが伝わり、頭の中がボゥっとしてくる。

「んチュ……好きだから……好きだから早く……」

「んお……うっつっ」

舌を絡めながら、公園の続きをするようにズボンの股間に触れ、ゆっくりと手を動かしてペニスを刺激してきた。

ムズムズとしたこそばゆい刺激に、股間はピクっと反応してしまい、この可愛らしいメイドを壊れるほど強く抱き締めたいという気持ちが、心の中で広がっていく。

「チュふぁ……。はぁはぁ、本当に、いいんだよね」

「い、いいって言ってるでしょ。何度も言わせないでよ……ふぁあっ」

彼女の言葉を聞き終わる前に右手が動いてしまい、メイド服越しに柔らかな肉果実を揉み、そのままソファーに押し倒してしまった。

服とブラ越しに柔房を揉む度に、ツインテールメイドの形のいい唇から吐息が聞こえ、彼の興奮を昂らせてしまう。

「恵莉那の胸、柔らかいよ」

「んっ……あたりまえ……でしょ……」

手が流れるように動き、服越しに肉果実を揉み続ける。

メイド服を強引に脱がせ、お椀型の胸を激しく揉みながら乳芽を吸いたい衝動を抑えながら、優しく服越しの愛撫を繰り返す。

「見るよ」

「う、うん……。好きなようにしていいから、乱暴にしてもわたし……」

そう答えた彼女の身体がピクッと震え、体温を上げ始めた。

自分の言葉に興奮している彼女の反応を見ながら、もう一方の手でメイド服のファスナーを下ろし、胸元を緩めていく。

露わにした胸元からは、白いハーフカップブラに包まれた肉果実が現れ、昨日感じてくれた愛撫を思い出しながら、両手の指を乳肌に喰い込ませる。

「ふぅんんんっ！　はふっ……強い、わたしの胸にまた……」

少し荒々しい行為。だが、彼女はまったく拒んではこない。

むしろ、その荒々しさを待っていたように吐息を洩らし、もっと乱暴にしてもいいとばかりに肢体の力を抜いてきた。

さわり心地のいいサテンのブラ越しに、恵莉那の丸い胸の温かさと弾力が掌に伝わり、揉む指に併せて形が歪んでいく。

「気持ちいいよ、恵莉那のおっぱい。クラスのみんなに自慢したいくらいだよ」

「そ、そんなこと……言わないでよ……はふっ」

少し意地悪く言った言葉に反応し、ピクピクと肢体を震わせた彼女が、顔を背けながらも唇を噛み締め、責めるような目で見つめてきた。

潤み始めた猫のような青い瞳に見つめられただけで、晴樹はいけないことをしているような気分になってしまい、興奮をどんどん高めてしまう。

下着越しに肉果実を揉む手は、掌を開閉させながら円を描くように動かし、カップの淵から薄ピンクの乳芽が見え隠れしている。

「恵莉那の胸、もっと」

「きゃっ」

可愛らしい頂の誘惑に勝てず、乱暴に白いブラをズリ上げて二つの柔房を剥き出した途端、ツインテールメイドが短い悲鳴を奏でた。

しかし、そんなことで行為はとまらない。

透明感漂う白い柔房を直接揉んで指を喰い込ませた彼は、そのまま小さく薄い乳輪の中で佇む右の頂に吸い付いていく。

「はふっ、んぁああっ！　そんないきなり……んっ、くすぐったい……」

口に含んだ乳芽を舌で転がし、前歯と唇で軽く噛んだだけで、彼女が細顎を仰け反らせて濡れた声をリビングに響かせた。

肢体にはポツポツと発情の汗が浮び、艶めかしく白肌を光らせて、晴樹の欲情を掻き立てくる。

「美味しいよ、恵莉那のおっぱい。こっちも……」

「ひゃひっ、そ、そんなに噛まな……はひっ、んくぅううっ」

右の乳芽を小指の先ほどにまで尖らせて離れ、もう一つの頂を愉しもうと、乳輪ごと含んで吸い上げた。

舌と歯で愛撫した右とは違い、音を鳴らすように吸っただけで、左の頂が急速に大きくなって震え始めている。

「んはっ、はひっ……はぁはぁ……取れちゃう……乳首、吸い取られて……んんっ」

彼女の声が少し高くなり、肢体がソファーの上でくねりだした。

胸の刺激が強いらしく、乳芽を吸って少し舐めるだけで彼女の唇からは濡れた吐息が洩れ、グミ菓子のような頂が口の中で震えて感じていることを伝えてくる。

「んっ……ふはっ、はぁはぁはぁ……胸……胸はもう……ひゃんっ」

感じすぎる柔房への愛撫を拒もうと、恵莉那が潤んだ瞳で見つめてきたが、ここでやめられるわけがない。

彼女の言葉が終わる前に、晴樹は二つの肉果実を鷲掴んで円を描くように揉み、吸い付いた乳芽に舌を這わせながら、歯と唇で愛撫を繰り返した。

「ひゃふっ、あっ、んぅううっ。やめ……ほんとに胸は……胸はもう……ふぁんっ！　お願いだから、胸はもう許して……ハルくん」

「――――っ!?」

潤んだ瞳で見つめられたまま懇願された言葉に驚き、思わず乳芽から口を離してしまった。

今まで、ずっと「ご主人さま」と、変な名称までつけて呼んでいた彼女が、昔呼ばれていたあだ名で呼んでくるなど、意図してないにしても魅力的な行為だ

しかも、名前を呼ばれたことで昔の記憶が鮮明に蘇り、じいさんの屋敷の庭で追いかけっこをしたことや、川で魚獲りをしたこと。そして、紅茶を持ってきたときに転がり、スカートを捲らせて、下着に包まれたお尻を見せたことまで思い出した。

目に映る彼女の幼さの残る美貌は、今まで顔を思い出せなかった幼い頃の彼女の顔と重なり、恵莉那への気持ちがどんどん高まってしまう。

「ハルくん……、胸は、胸は敏感すぎて……わたし変になっちゃうから……」

心臓の鼓動が抑えられない。

子供の頃のあだ名を彼女に呼ばれるだけで、大量の血液が股間に集中していく。

「胸が、胸がダメなら、こっちで……」

「え？　あ……そ、そこも……そこもダメ……くぅんんんっ!?」

右手をそっと動かしてメイド服のミニスカートを捲り、汗ばんだ太腿の間に無理やり挟

み込ませて淫部に触れた瞬間。彼女が長い金髪を振り乱しながら、嬌声を奏であげた。

すでに胸の愛撫でしっとりとしていた淫部は、サテンの布越しに熱い女熱が伝わり、淫裂に指を這わせるだけで、ショーツの内部からジワジワと愛液が染み出してくる。

「もうこんなに濡れてる……」

「い、言わないで……そんな恥ずかしいトコさわりながら言わないでよ……ひゃんっ⁉」

何度かショーツ越しに淫裂をなぞり、布越しに探り当てた処女孔に指先を這わせた瞬間。恵莉那が息を呑んで肢体を奮わせた。

秘孔からは大量に愛液が溢れ、ショーツ越しにもかかわらず指を濡らしてきた。

「もっと、もっと気持ちよくさせてあげるよ」

「んっ……んぁ……はぁはぁ……もっとって……っ⁉」

手を太腿の間から離し、お腹側から女熱で蒸れたショーツの中に差し込んでいく。

彼自身でも驚くほどの大胆さだが、彼女を感じさせたいという気持ちが抑えられない。

ツインテールメイドも晴樹の大胆さに驚いているらしく、青い瞳を丸くさせながら、細い肢体を強張らせている。

「恵莉那のここ、すごく熱くなってる」

「ふはっ、はひっ、やっ……そこは……」

サテン地をモコモコと膨らませ、薄い草むらを掻き分けていく手に、彼女が恥ずかしがってきた。

しかし、手を進めることに戸惑いはない。すでに昨日、彼女の淫部を愛撫し、秘孔を広げて処女膜まで見ているのだ。

（アソコをまた）

あの綺麗な部分をもう一度さわりたい。

その思いに掻き立てられるように晴樹は手を進め、淫核を軽く擦って、濡れた淫唇に指を喰い込ませていく。

「あっ、ふぁ……んひぃっ」

瞳を閉じた彼女が唇を噛み締め、長いまつげとともに肢体をピクピクと震わせ、途切れ途切れの呻きを奏でている。

指がプニプニとした淫唇を擦り、奥へと潜っていく度にその濡れた声は奏でられ、ヒクヒクと蠢いていた秘孔に指先が触れた瞬間。

「ンふぁあああああっ！　あふっ、んぅううっ！」

ツインテールメイドの細い肢体が硬直し、秘孔から噴き出した熱い愛液が指先にかかってきた。

胸の愛撫、そして淫部への愛撫だけで、軽くイッてしまったらしい。

「んあっ、あっ……はぁはぁはぁ……」

ショーツから熱い愛液にまみれた手を引き抜く。

しかし、目の前には荒い呼吸を繰り返す恵莉那が、メイド服を乱れさせている。

興奮を抑えられないその姿に、ペニスはズボンの中で膨れ上がってしまい、きつさを感じるほど硬くなってしまった。

「い、いいよ……はぁはぁ……今日は、今日はハルくんのを……」

涙をいっぱいに溜めた瞳で見つめてきた彼女が、そっと太腿を開いて濡れたショーツを見せてくれた。

昨日と違って、今日は我慢する必要なんてない。

恥ずかしがる恵莉那のスカートを捲った彼は、そのままショーツに指をかけ、ゆっくりと引き下ろしていく。

透けた白い布が下がり、金色の薄い草むらと、包皮を被ったまま膨れ上がっている女芽が現れ、彼女の大事な部分まで見えてくる。

(すごいっ)

思わず、そんなことを思ってしまう。

濡れた彼女の大事な部分だけで興奮してしまうのに、淫部とショーツの間に愛液の橋までかかっていた。

「恵莉那って、こんなにエッチだったんだ」

「違うのに、わたしエッチなんかじゃ……っ」

金髪美少女の片脚からショーツを引き抜き、愛液で濡れ光っている淫部を見ながら言った言葉に、彼女が恥ずかしがりながら愛液を噴き出した。

「い、いくよ」

「い、言わなくて……。そういうこと言わなくていいから……」

淫部を見られて恥ずかしがる彼女の顔を見ながら、そっとズボンからペニスを取り出し、甘酸っぱい色気を漂わせる太腿を広げて腰を挟み込んだ直後。恵莉那が肢体をピクンと強張らせ、長いまつげを震わせた。

初めてを失う女の子としての反応。そんな彼女とやっとできるエッチに、晴樹のペニスはピクピクと脈動しながら先液を溢れさせ、ムッとした女熱が漂う淫裂に切っ先を押し付けていく。

「ひゃうっ⁉」

ムチムチとした太腿の感触を腰に覚えながら、亀頭で淫唇を割り広げてクチュっと音を鳴らして、切っ先を秘粘膜に触れさせた瞬間。彼女が肢体を強張らせた。

自分から恵莉那に挿入する。初めてのときにはできなかったその体験に、ペニスで薄赤い秘粘膜を擦り、切っ先で処女孔を探しまわる。

「ふぁっ、くすぐっ……きゃふっ」

敏感な部分を硬いペニスで擦られる刺激に、彼女が金色のツインテールをソファーの上で泳がせながら悶えだした。

切っ先がツルツルとした秘粘膜を擦り動く度に、晴樹の股間からは強烈なくすぐったさが走り、下半身をジワジワと痺れさせてくる。

挿入ではない性器同士の愛撫に、二人の呼吸は熱を孕んでリビングに響き、待ちきれなくなった彼女の秘孔から、コプッと愛液が溢れてソファーを濡らしていく。

「こ、ここに……あったっ！」

「ふぅあんんンっ⁉」

何度か腰を動かしてペニスを動かし、秘粘膜の中で少し硬い処女孔を見つけた瞬間。思わず叫んでしまった。

切っ先を押し付けた秘孔は、ヒクヒクと蠢きながら亀頭をくすぐり、大量の愛液をまぶしてくる。

「挿れるよ、恵莉那」

「んっ……はぁはぁ……う、うん」

少し怖がっているツインテールメイドの顔を見ながら、腰をゆっくり前に動かした。

「ひくっ……うっ……ひゃんんっ」

このまま処女膜を破って根元まで挿入できる。と思っていたが、予想以上に彼女の入り口が硬い。

小さな秘孔を一瞬こじ広げられたものの、溢れ出してきた愛液で亀頭がすべり、秘粘膜を擦って淫核を弾いてしまった。

「あ、あれ、もう一回……」

「あ……ひゃふっ、ふぁんんんっ！」

また秘孔からすべって秘粘膜を擦り、包皮から女芽を剥き出しながら弾いてしまう。

「ご、ごめん。今度こそ……」

慌てて亀頭を元の位置に戻し、今度こそと秘孔を突き上げようとした直後。

「そ、そんなに慌てなくていいから……」

彼女が青い瞳で見つめながら話しかけてきた。

「こ、ここだから、わたしの……。だから、今度はちゃんとハルくんのを……」

今度は失敗できない。そんな風に考えていたのが分かられてしまったらしい。

恵莉那が瞳を伏せながら細指で秘孔を広げ、切っ先に押し付けてきてくれた。

亀頭には新たな愛液と、膣口近くの壁が触れ、焦燥感を煽るくすぐったさがペニスから背筋に伝わってくる。

「え、恵莉那っ！」

ズニュッ！

「はぅううっ⁉」

恥ずかしがりながらも秘孔を広げた彼女の姿。そして、わずかながらも切っ先に感じた膣の感触に我慢ができず、晴樹は正常位で思いっきり亀頭を挿入してしまった。

異物を挿入され、苦しげに息をする恵莉那の呻きが聞こえてくる。

だが、彼女を気遣う余裕がない。

藍香とエッチした経験があるため、膣内の気持ちよさをある程度予測していたが、恵莉那の中は完全に違う作りだった。

大人びたメイドの優しくペニスを包み、膣壁で肉幹を舐め絡んでくる動きではなく。ツインテールメイドの膣内は狭く、挿入した切っ先を潰すような締め付けだ。

「す、すごっ」

「くはっ、ううっ……くひぃぃいいいいっ！」

強い締め付けと、奥に挿入したらもっと強い刺激を感じさせてくる膣内の動きに、腰が自然と前に動きペニスを突き刺していく。

ズリュ……ジュリュジュブ……ジュリュ……ズブ……。

突き刺していくペニスには、膣襞が巻き付くように絡まり、無数の膣粒が肉幹を擦りあげてくる。

「いいよ、恵莉那の中。すごくきつくて……っ」

「くはっ、はぁはぁ……嬉し……い……くぅ……あう……はぁううっ⁉」

挿入を拒絶するように締め付けてくる膣壁を拡張させていた亀頭に、薄い膜がぶつかってきた。

恵莉那も処女喪失の瞬間を感じたらしく、青い瞳を震わせている。

「痛くならないようにするから」

コク……。

なにも言わず、ただ頷いた彼女の緊張した顔を見ながら腰を動かし、ペニスをゆっくりと押し込んだ瞬間。

プツッ……ジュプジュブズリュジュプジュプッ！

「はくっ⁉　あひ……ひくぅうぅううううう――――――――ッ！」

亀頭にピッタリと張り付いた処女膜が軽い音とともに裂け、吸い込まれるようにペニスの根元まで飲み込まれてしまった。

肉幹に巻き付いてくる膣襞と、潰すような膣壁の締め付けに、頭の中が一瞬で真っ白にされていく。

もっと優しく彼女に挿入しなければいけないと分かっていても、ペニスから伝わってくる強烈な痺れに、腰の動きがとめられない。

初めての挿入で苦しむ彼女の肌は大量の汗でヌメ光り、呼吸に併せて大きく揺れる肉果実の頂が、小刻みに震えていた。

胸元を広げてミニスカートを捲り上げたメイド服は、大量に噴き出した汗で肌に張り付き、肢体のラインを完全に浮きださせる淫らな衣装となって恵莉那を彩っている。

「くはッ、んぅ……はぁはぁ……あくぅうッ」

リビングには苦痛を我慢する彼女の呻きが響き、ペニスを包む膣壁がぎこちなく蠕動して肉幹を扱いてきた。

肉幹はムズムズとしたくすぐったさに包み込まれ、切っ先から溢れる先液が涎のように滴り、金髪美少女の胎内に染み込んでいく。

「恵莉那の中……、きつくて、そんなに締め付けられたら、僕すぐに……」

「はくッ、くうッ……ひッ……そ、そんなこと言われても……、わたし締め付けてなんてな……うくッ」

ジュプッ……ジュズッ、ジュプッ……ジュプジュプ……。

痛みに耐えながらも、彼女が潤んだ瞳で「もっと激しくして」と伝えてきた。

その瞳に彼の腰はとまらなくなってしまい、秘孔を捲り返しながら、激しく膣内を貫いて肢体を揺り動かしてしまう。

部屋には淫らな挿入音が響き渡り、秘孔を突き上げる度に揺れる肉果実が、晴樹の興奮を我慢できないものに変える。

「感じさせてあげるよ、恵莉那を感じさせて、エッチな声いっぱい出させてあげるよ」

「な、なにを言って……はふッ……んッ……ひぃううッ……」

ツインテールメイドの感じている声を早く聞きたくなってしまい、揺れる肉果実を見ながら一際深くペニスを挿入し、ヒクついていた子宮口に切っ先を突き当てた瞬間。

「んッ、ふぅああッ！　はふッ……な、なに？　急に……痛いのに……はうッ、あッ……くぅんンッ、ひゃふッ！」

突然彼女の肢体が痙攣し、艶めかしい喘ぎ声を奏でながら、腰の動きに併せて桃尻を上下に動かしてきた。

発情汗を噴き出していた白い肌は、薄赤く染まりながら艶めかしく光る。揺れる柔房の頂で尖っていた薄ピンクの乳芽が、乳輪ごと膨れ上がって今にも弾けそうになっている。

「はひッ、んッ……はぁあぁッ！　ダメ……奥……奥まで入れられたらわたし……わたしぃいいいッ！」

肢体を突き上げる度に彼女の声が上ずり、金色のツインテールがユラユラと揺れながら、発情汗にまみれた肌に張り付く。

どうやら、完全に快楽が痛みを超えたようだ。

ペニスに巻き付く膣襞は、無数の膣粒を肉幹に擦り付けて扱き、子宮口は吸い付くように亀頭に被さろうとしてくる。

ペニスには早くもジンジンとした痺れが走り、肉幹の内部に強烈な痒みが襲ってきた。

「え、恵莉那……すごいよっ。もう我慢できないっ。恵莉那の全部、僕のもんにしちゃうからなっ」

「んあッ！　あひッ、わたし……わたしの全部……ハルくんの……ひゃんッ。い、いいよ……全部あげる……んッ、わたしの全部あげるから……あふッ！」

ジュプッ、ジュプッ、ジュプジュプッ！

もう抑えようとする努力なんて必要ない。

感情のおもむくまま腰の動きを速めた晴樹は、肉幹で秘孔を捲り返し、亀頭で大量の愛液を掻き出しながら子宮口を突き上げた。

冷たい態度だった恵莉那を自分のものにする。

その優越感に興奮が高まり、ペニスが一際大きくなっていく。切っ先からは先液が何度も噴き出し、処女を喪失したばかりの膣襞や膣壁。そして子宮口にまで染み込ませてしまう。

「ッ……ふぁんンッ、はぁはぁはぁ……もっと……もっと強くしても大丈夫だから……んッ。藍香さんよりも激しく突いて……わたしの中いっぱいに……きゃんンッ！」

先にエッチをしたメイドに嫉妬している恵莉那の願いを聞くように、ペニスを根元まで挿入して子宮口を突き上げ、二つの肉果実を揉みながら、乳輪ごと膨らんでいる乳芽に吸い付いた。

今の彼にできるすべて愛撫。その行為に、彼女は如実に反応して肢体を痙攣させ、甲高い声を奏でながら、肉幹を咥える秘孔から愛液までしぶかせ始めた。

狭い膣に締め付けられたペニスには射精感が込み上げ、肉幹が脈動しながら濁液を駆け登らせようとしている。

「くっ、恵莉那の中、気持ちよすぎて、僕もう……もう出ちゃいそうだよっ」

「えッ……はぁうぅッ！　出すって……い、いいよ……中に、わたしの中にいっぱい出して……はぁはぁ……全部ハルくんの……ハルくんのものにしてッ！」

ジュプッ、ジュプッ、ジュプジュプッ！

淫らに潤んだ瞳で見つめられながらあだ名で呼ばれる度に、晴樹の心臓はドクンと高鳴り、ペニスの脈動が速まっていく。

ご主人さまではなく、崎元晴樹という個人を好きだと言ってくれる彼女の存在が心の中で広がり、永遠に自分のものにしたいという欲望で、頭の中がいっぱいになってきた。

秘孔を捲り返すペニスのピストンは、脈動の感覚を短くしながら何度も震え、今にも射精しようと狭い尿道に濁液が駆け登っていく。

「んッ、あッ……はぁあッ！　な、なに……ひゃふッ、ハルくんのがビクビクして……大きく……大きくなってるッ」

脈動を速め、射精に向けて肉幹を太くさせていくペニスの異変に気づいた恵莉那が、驚きながら青い瞳を震わせた。

ペニスのピストンに併せて動いていた桃尻がとまり、未知の感覚に耐えるように、両手がギュッと乱れたメイド服を掴む。

「大丈夫だから、大丈夫だから我慢して」

「う、うん……はうッ、あッあッあッ……ふぁああッ！」

なにが大丈夫なのか自分でも分からないが、彼女の怯えを取り除くように囁いた晴樹は、上半身をピッタリと重ね合わせて腰を動かしまくった。

恵莉那も言葉を信じたように桃尻を再び動かし、彼の首に腕を絡めて甲高い声で喘ぎながら、部屋に淫らな声を響かせ続けている。

二人の身体の間で潰れた丸い肉果実は、秘孔を突き上げる度にグニュグニュと歪んで揺れ動き、限界まで尖った乳芽と膨らんだ乳輪を、彼の身体に擦り付けていた。

乱れたメイド服を揺れ動かす肢体は、大量の汗をソファーにまで伝わせて汚し。ニーソックスに彩られた太腿には内腿筋が浮き上がって、いやらしい痙攣を開始した。

「んッ、はふぅうッ！　す、すごいの……ッ、胸も……胸もアソコもおかしくなって……わたし壊れちゃう……わたしおかしくなっちゃうよぉおッ！」

狭い膣を激しく貫き、子宮口まで突き上げるピストンと、身体の間で潰れた肉果実の刺激に、彼女も限界に達し始めたようだ。

声が上ずり、膣内が一斉に奥へと向かって蠢きだした。

膣襞に巻き付かれた肉幹は、狭い膣壁に締め付けられながら無数の膣粒で激しく扱かれ、秘孔が肉幹の根元をきつく喰い締めてくる。

「やばっ、出る……出る……っ」

「ふぁッ、くぅんんンッ！　来て……早く……早く出して……早くぅうッ！」

強烈な締め付けで膣に扱かれたペニスが、もう我慢の限界だ。

速まった脈動がペニス全体に悦痺れを走らせ、限界まで膨らんだ亀頭が尿意にも似た焦燥感で包み込まれた。

尿道は激しいくすぐったさとともに濁液を駆け登らせ、先液がとまらずに噴き出し始めた切っ先が、どんどん広がってしまう。

射精直前の激しい膣突きを受ける彼女も、全身を半痙攣させながら何度も嬌声を張り上げ、二人の身体の間で潰れた肉果実をプルプルと震わせた。

「恵莉那っ、恵莉那っ！」

「ンぁッ、んうッ、はひッ、あッあッあッ……」

意味もなく彼女の名前を呼び、金色のツインテールを乱れさせて喘ぐ顔を眺めながら、ペニスの根元まで突き刺して切っ先を子宮口に填め込んだ瞬間。

塊りのような精液が一気に尿道を膨らまして亀頭にまで駆け登り、強烈な痛痺れがペニスから頭の中まで貫いてきた。

「ごめんっ、もう……もうダメだっ！」

「なッ、なにッ？　ひゃふッ……あッあッあッ……きゃんンッ⁉」

びゅるるッ！　びゅぷッ……びぃりゅびゅぷびゅるるるるるッ！

「ふぁあぁぁあああぁぁあああッ！　熱いのが……お腹の中に熱いのがいっぱい……ハルくん……ハルくんんんンんンんんんん────────ッ！　ッ！」

プシュッ！　プシュウウウウウウゥゥゥゥゥゥゥゥゥ…………ッ！

こらえる間もない強烈な痛痺れに、一瞬で頭の中が真っ白になってしまい、切っ先から大量の精液が噴き出して子宮口を直撃してしまった。

限界寸前だった恵莉那も、膣内で浴びた精液の感触で絶頂してしまったらしく、ブリッジをするように背中を仰け反らせながら、小さく震えていた尿道から熱湯のような潮を噴き出してくる。

細い肢体は硬直痙攣を繰り返し、染まった白肌が発情の汗でキラキラと輝いて、リビングには女の子の甘い香りを充満させた。

お椀型の肉果実は、プリンのように揺れながら限界まで尖った乳芽を小刻みさせ、胸の谷間には大粒の汗が玉のようになって流れていく。

「くああっ、くっ、くおおっ！」

「はふッッッ！　んッ、あッ……あふぅううう────ッ！」

射精がとまらない。まるで、膣内に放尿しているような感じだ。

狂ってしまいそうな痺れを走らせるペニスは、何度も秘孔を捲り返して子宮口を突き上げ、強烈な開放感とともに、穢れのなかった膣内に精液を放出させ続けてしまう。

恵莉那も、射精を受ける度に肢体を痙攣させて濡れた呻きを繰り返し、肉幹が潰れてしまうほど膣全体で締め付けながら、壁や襞を奥へと蠢かせて子宮に精液を送り始めた。

初エッチで絶頂した幼さの残る美貌は快楽に染まり、閉じた瞳が長いまつげをフルフルと震わせながら、涙まで流している。

「くああっ！　うっ……はぁはぁはぁ……はぁ……」

「ふぁんンッ！　あふッ……んッ……ッ……はぁはぁはぁ……んん……」

腰を動かし、お腹を思いっきり淫部に叩きつけて最後の精液を迸らせたと同時に、恵莉那も絶頂を終わらせて肢体の痙攣硬直をほどいた。

エッチの終わったリビングには、二人の呼吸音だけが木霊し、身体の下から伝わってくる彼女の体温と肉果実の柔らかさが、心地いい脱力感を受け止めてくれる。

「あ、あの……ハルくん……」

数分、いやそれ以上だろうか。時間の感覚が分からなくなるエッチ直後の開放感を覚えていた彼に、彼女が小さな声で話しかけてきた。

「は、恥ずかしいから……その、身体の上から退いてくれると……嬉しい……」

肉果実を隠すように乱れたメイド服を掴んだ恵莉那が、真っ赤な顔で頼んでくる。

エッチ直後。しかも、初体験で絶頂してしまったことがよほど恥ずかしいのだろう。一刻も早く挿入したままのペニスを引き抜き、発情汗まみれの肢体を隠したいようだ。

「ち、違うんだからッ、離れたいとかそういうのじゃなくて、エッチな女の子だと思われたくなくて……」

まだなにも言ってないのに、嫌われたくないと思ったツインテールメイドが、困ったような顔で見つめてくる。

なんとか胸や淫部を乱れたメイド服で隠そうとはしているが、また繋がったままの状態では隠せず、恥ずかしさのあまり涙まで浮べていた。

「恵莉那、可愛すぎるよっ！」

「え？　な、なに……ひゃふッ!?　あッ……やッ……ひゃんんンッ！」

ジュプッ、ジュプジュプッ！

処女を喪失したばかりの女の子らしい仕種に、晴樹は再び腰を動かし、まだ勃起したままのペニスで秘孔を捲り返した。

「んッ、ンぁああッ！　ダ、ダメ……今動かれたら……わたしまた……はふッ！」

エッチ直後で、まだ敏感な状態のままの秘孔を貫く刺激に、彼女が急速に絶頂に昇り始めている。

しかし、それは彼も同じだ。

射精直後で敏感なペニスには、早くも痛痒い刺激が走り、肉幹がビクビクと脈動しながら精液を駆け登らせていく。

「いくよ恵莉那、また中に出すからね」

「ンッ、あッ、ふぁうッ！　また……また出されちゃうの？　またあんなに熱いのいっぱい……はふッ、ひゃううッ！」

甘えるような声で喘ぐツインテールメイドに、再び膣内射精する。

その興奮に正常位のまま腰を動かし、上半身を起こして丸い肉果実を揉んだ直後。エッチに応えようとした彼女が、激しく桃尻を動かしてきた。

「うおっ⁉　いきなり……っ」

「ふぁうッ！　あッ、んぁああッ！　もっと……もっと激しく……突いてッ、もっと奥まで……あかちゃんできちゃうくらい突き上げてぇえええッ！」

一度膣内射精を受けて絶頂したことで、快楽に貪欲になってしまった彼女の細腰が動きまくり、膣全体が精液を搾り取ろうとするように奥へと向かって蠕動していく。

「はふッ、い、いいの……ハルくんのが……わたしもう……もうイッちゃう……ハルくんのでイッちゃうよッ！」

激しい子宮突きと狂乱したような桃尻の動きで、早くも二人同時に絶頂してしまいそうになった瞬間。

「遅くなって申し訳ありません。なかなかいい湿布薬が手に入りませ……」

足を挫いた恵莉那の湿布薬を買いに行っていた藍香が、長い赤髪を揺らしながらリビングに入ってきた。

いつもどおりの優しい笑顔。なのだが、晴樹たちの姿を見て肩を震わせ、口元が引き攣っている。

「こ、これは……これはえっと……」

「ふぁああッ！　あふッ、だ、ダメ……わたしまた……イッ……イクッ！　出して……あッあッあッ、ふぁあぁあぁあああああぁあ――――――――ッ！」

「ちょっ、待てってて⁉　くお、くぁあああっっっ！」

びゅるるるるッ！　びゅる……びゅるびゅるびゅるびゅるッ！

言い訳をしている時間もない。

いきなり絶頂に昇った恵莉那が、桃尻を何度も上下させながら膣内と秘孔でペニスを締め付け、亀頭に被さってきた子宮口で思いっきり吸い上げてきたのだ。

突然の膣の絶頂蠕動に、肉幹はこらえる間もなく脈動してしまい、狂おしい痛痺れとともに、二度目の射精が彼女の膣内に飛び散っていく。

「んあッ、あッ……はぁうぅッ！　あッ……はぁはぁはぁ……」

立て続けの絶頂に肢体を弛緩痙攣させた恵莉那が、幸せそうな笑みを見せながら失神してしまった。

晴樹も射精の快楽に頭の中を真っ白に染めてしまい、彼女の秘孔に根元までペニスを挿入したまま、時間の経過も分からず息を荒らげてしまう。

「これは、どういうことですか？」

「うわぁああぁっ⁉」

射精後の開放感を感じている余裕など、今の彼には許されていなかったようだ。

いつの間にか晴樹のそばまで近寄っていた赤髪メイドが、笑みを浮べながらも刺すような視線で尋ねて……というより、尋問された。

しかし、「どういうこと」と訊かれても、返答に困る。

エッチが終わった直後で恵莉那のメイド服は乱れ、肢体は発情汗まみれ。そのうえ、肉幹を咥えた秘孔からは、破瓜の証が混じった白濁液が溢れてソファーを汚している。

こんな状態で、どんな言い訳を望んでいるのだろうか。

「ご主人さまが淫らなことをしていいメイドは、私だけだったはずですのに」

どんどん近づいてくる。しかも、優しい笑顔のままなのが、なおさら怖い。

「ふふ」

「藍……ぷはぷっ⁉」

いきなり、藍香が彼の頭を抱え、ものすごい力で大きな柔房の谷間に顔を埋めさせた。

恵莉那では感じられなかった、大きな肉果実の柔らかさとミルクのような甘い香り。そして、大きく開いた胸元から、黒い下着と濃いピンク色の乳芽まで見える。

頬に触れた乳肌は、ペニスに胸奉仕するように上下に揺れて顔をマッサージし、恵莉那とのエッチを終わらせたばかりの彼を、再び興奮させていく。

だが同時に、脳裏には『柔らかくて魅力的な凶器』という言葉が浮かんだ。

「まっ、待って藍香。これは……」

「言い訳は聞きませんっ！」

グギッ！

「んぶぉっ!?　…………」

また窒息させられる。と思った彼だったが、今回はそれを凌駕している。

首に回された藍香の細腕が頚椎を締め、鈍い音を鳴らしたのだ。

挿入したままのペニスをヒクヒクと締め続ける恵莉那の膣。そして、藍香の柔らかすぎる美峰乳の感触を顔全体に感じながら、本当におっぱいに埋もれた晴樹の意識は、完全に闇に落とされてしまった。

六章　両手にメイド、タマリマセンっ！

危ない川を渡る前に、晴樹はなんとか引き返して来られたのだが、リラックスするはずのリビングには、ピリピリとした空気が張り詰めていた。

「申し訳ありません、ご主人さま。嫉妬してご主人さまにお仕置きするなんて、メイドとして失格ですね、私……」

「え？　いや、別にそんなに自分を責めなくても、悪いのは、多分僕なんだし……」

柔らかくて魅惑的な凶器で彼を窒息させた藍香に、少し怯えながら話す。

いつもは、和やかな雰囲気のリビングが張り詰めている原因は、間違いなく彼女だ。

普段は「ご主人さまと同じソファーに、私たちメイドが一緒に座ることなどできません」と言う彼女なのだが、今日は晴樹の隣に座り、美峰乳を押し付けながら寄り添っている。

しかも、彼女のメイド服は胸元が大きく開いているために、肉果実を包む黒いハーフカップのシルクブラが覗けていた。

しかし、それだけなら、リビングがこんな雰囲気になるはずがない。

晴樹を挟み、もう一人のメイドまでもがソファーに座って身体を擦り寄せているのだ。

しかも、藍香とイチャついているようなこの状況に、頬を膨らまして彼を睨んでいる。

なにも言わず、視線だけで抗議する金髪美少女の姿に、いっそのことエッチする前のように、冷たい言葉をぶつけられた方がマシだとさえ思ってしまう状況だった。

「ですが、ご主人さま。そんなに我慢ができないのでしたら、言ってくだされればいつでもお相手して差し上げますのに」

「お相手ってて っ⁉」

より肢体を密着させ、緑の瞳を上目遣いにしてきた彼女の姿に、思わずドクンと心臓が高鳴ってしまう。

胸元が広がったメイド服を覗いてしまい、長い赤髪から流れてくるシャンプーのいい香りに、血液が股間に集中していく。

「な、なにを言ってるのよ藍香さんっ。もうハルく……ご主人さまを誘惑しないでっ」

初体験をしてから一時間ほどしか経っていない恵莉那が、これ以上黙っていられなくなったらしい。

身体を密着させている彼と赤髪美少女との間に手を差し込み、無理やり引き離そうとし始めた。

「なにをしているのです、恵莉那。ご主人さまが私の胸に喜んでくださっているのに」

「む、胸って……」

さすがに、大きさで負けている分だけあって、ツインテールメイドが怯む。

「それに誘惑しないでって言われても、恵莉那の胸では、見るだけで喜ばせて差し上げられないでしょう」

「むぅ～～～っ」

明らかに挑発してからかっている藍香の言葉に、恵莉那が今にも噛み付いてきそうな瞳で晴樹を睨んできた。

つまり、この状況をなんとかしろ。ということらしい。

「えっと……。藍香も少し離れて、それに、恵莉那もそんなにムキにならなくても」

「ムキにってて⁉　誰の所為でこんなことになってると思ってるのよっ」

期待に応えてなんとかしてみたのだが、ヤブヘビだった。

怒りの矛先が、完全に彼に向いた。

「だいたい、わたしと藍香さんの両方とエ、エッチしちゃうなんて。一体、どっちが好きなのよっ」

「どっちがって言われても……」

問いただしてきた恵莉那が、「わたしの名前言いなさいよっ」とばかりの瞳で睨んでいるだけでなく。隣に座って彼に胸を押し付けている藍香も、いつもの優しそうな笑顔のまま、威圧的なオーラで周りの空間を歪めた。

「早く答えてっ」

答えられない。

どちらの名前を言っても、あとでとんでもない目にあいそうだ。

と、そんなことを思っている以前に、自分はどっちが好きなのだろうと考えてしまう。

好きか？　と訊かれれば藍香も恵莉那も好きなのだが、どちらが？　と言われたら、はっきりとした答えが出ない。

「まさか……、両方とも好きで答えられない。なんて考えてないわよね」

本当にツインテールメイドはエスパーかもしれない。人の考えていることを、確実に当ててくる。

「ふぅ……。恵莉那、メイドである私たちが、ご主人さまに好意を要求してどうするのですか？」

「で、でも、そんなこと言ったって……」

今まで黙っていた大人びたメイドが、ソファーから立ち上がりながら、答えを要求しているメイドをたしなめた。

窮地に居た晴樹にとっては、救いの言葉である。

「メイドである私たちが、ご主人さまを好きになるのは自由ですが、それでご主人さまを拘束してはいけません。」

どうやら、この窮地の話を纏めてくれたようだ。これで、安心して生活ができる。と思ったのだが……。

「でもご主人さま、添い寝をする専属メイドは、ちゃんと決めてくださらなければ困ります。私と恵莉那、どちらをご主人さま専属のメイドにするのか、あとでお訊きいたしますから決めておいてください」

考えが甘かった。

優しい笑顔のまま逆らえないオーラを放つ彼女まで、答えを要求してきた。

こうなると、もうごまかす手段はない。

「では、ご夕飯の用意をいたします。恵莉那も手伝って」

二人きりにはさせない。とばかりに、金髪メイドの名前を呼んだ藍香が、長い赤髪を揺らしながらキッチンへと向かっていく。

「わ、わたしを選ばなかったら、許さないんだからねっ！」

猫のような青い瞳を真っ直ぐに向けて一言……。ではなく、強要の言葉を残した恵莉那もキッチンへと入り、バタンとドアを閉めた。

※

「ふぅ……」

自分の部屋でベッドに腰をかけているのだが、晴樹はまったく落ち着くことができなかった。

夕食を済ませ、風呂にも入って自分の部屋に戻った彼だったが、この家全体に張り詰めた空気がビリビリと漂い、気を抜くことがまったくできない。

考えてもみれば、夕食のときもそうである。

いつもどおり食事をしていたのだが、ご飯のお代わりの茶碗も、食事終わりのお茶も、まるで役目を取り合うように二人がかりで給仕していた。

お風呂に入っている最中でも、脱衣所でタオル姿の二人がけん制し合い、着替えも一着用意されていたのだ。

「はぁ～～っ」

コンコン……。

溜息をついたタイミングを見計らったように、部屋のドアがノックされた。

「はい、誰？」

「わたし……入ってもいい？」

ガチャッ……。

「あ、ああ……」

返事をする前に、金色のツインテールを靡かせて部屋に入ってきた。

彼女らしいと言えば彼女らしい態度だが、少しくらい待てないものなのだろうか。

「で、なんか用？」

「なんか用って……」

金髪の美少女メイドが、文句ありげに頬を膨らました。

「ど、どうせ悩んでるんでしょ。だから……」

少し頬を染めながら、彼女がベッドに座っている晴樹に近寄ってくる。

この部屋に来る前に行動を考えていたらしく、その行動には迷いがまったくない。

「だから、だからっ、悩んでるんなら、わたしが決めさせてあげるっ」

いきなり、メイド服のファスナーを下げた恵莉那が胸元を広げ、白いハーフカップブラに包まれた肉果実を見せてきた。

数時間前にさわり、揉んだ丸い柔房だが、あまりに突然すぎた行動に驚きを隠せない。

「お、おまえ、いきなりなにを……」

「だ、だって、こうでもしないと、あの大きなおっぱいに負けちゃうでしょっ、んんっ」

「むぅう――――っ⁉」

柔らかい唇が唇に触れ、目の前に幼さの残る美貌が突きつけられた。

初体験をしたからだろうか、彼女の大胆さに戸惑いがない。

キスをしながらも、晴樹を興奮させようとする柔らかい手は股間に這わされ、白いブラに包まれた胸を強調するように見せ付けてくる。

シャワーでも浴びてきたらしく、金色の艶髪からはシャンプーの香りが流れて鼻腔をくすぐり、先ほど見てしまった彼女の肢体を鮮明に思い出してしまう。

「好きだから、だから絶対に藍香さんには渡さないんだからっ」

真剣な瞳で話しかけてくる恵莉那の想いに、戸惑っている間もない。

股間に触れていた手で難なくファスナーを開けたツインテールメイドが、ペニスを取り出しながらベッドの前に跪いた。

「シてあげるから。またコレ……またわたしが……はむっ」

「くぁああっ⁉」

まだ勃起もしてないペニスをいきなりしゃぶられ、鋭いくすぐったさが股間を直撃してきた。

彼女の口腔で飴玉のように転がされる亀頭には、ザラザラとした舌が這わされ、生暖かい空気と唾液がまぶされる度に、ムズムズと疼いて硬くなっていく。

「ちょ、ちょっとまっ……待ってって、いきなりじゃ……うっ」

「んんっ、んチュパっ、んっんっんっ……んふぁ……。はぁはぁ……待たないから、気持ちよかったら出しちゃってもいいから……はむっ、んっ、んチュパっ」

「っ……ううっ」

予想外の行為に、気持ちがついていけない。

一度ペニスから口を離して答えた恵莉那が、再び亀頭を咥えて先割れに舌を這わせてきたのだ。しかも、自らメイド服のミニスカートを捲り、白いニーソックスに彩られた美脚と太腿、そして白いショーツに包まれた桃尻まで見せてくる。

彼女が長いツインテールを揺らして顔を動かす度に、先に露わになっていた胸が白いブラに包まれたまま揺れ、視覚的にも彼を興奮させようとしているのが分かる。

「恵莉那……恵莉那、僕」

金髪美少女の口腔で大きくされ、ムズムズと疼き始めたペニスの刺激に我慢ができない。

メイド服を乱れさせた彼女の肢体と下着を見ながら、金色の頭を優しく撫で、完全勃起させられた股間を本能のまま突き上げてしまった。

「んチュパ……んぅううっ⁉　んぶっ……んっ……んチュル……」

肉幹が彼女の舌を擦り、切っ先が狭い喉に突き刺さった途端。彼女が一瞬苦しそうに呻いて青い瞳を震わせた。

だが、拒んではこない。むしろ喜んでいるように喉を広げて亀頭を飲み込み、嚥下するように動かしながら、肉幹に舌を這わせてペニスを刺激してきた。

経験して奉仕の仕方を覚えたメイドの喉は、切っ先を喉粘膜で締め付けながら金色の頭を動かし、濡れた吐息とともに形のいい唇を捲り返している。

「うっ、すごいよ恵莉那……恵莉那の口すごすぎて……っ」

搾り出されてしまいそうだ。と言いたいが、あまりの気持ちよさに言葉がとまってしまった。

口奉仕されたペニスの刺激に、急速に彼女の胸や淫部をさわりたいという欲求が込み上げてしまい、目が舐め回すように細い肢体を見つめてしまう。

「んぷッ、んん……んチェパっ、んっ、んっ、んっ……んふぁ……はぁはぁはぁ……。い、いいよ、さわっても。もう好きなようにしていいから……」

本当に心の中を覗いているのではないか。と思うようなタイミングでペニスから口を離した彼女が、ベッドに乗りながらブラのホックを外して胸を露出させ、晴樹の右手を左の肉果実に導いてくれた。

掌には丸い肉果実の張りのある柔らかさが包み込み、トクントクンと速まっていく心臓の鼓動まで伝わってくる。

「恵莉那のおっぱい、本当に癖になりそうだよ」

「んぁ……はふっ……」

柔らかくも、掌を跳ね返してくる弾力の胸を、左手も使って両方とも揉みあげる。

目の前で形を歪める丸い柔房と、掌の中で転げ回りながら尖っていく薄ピンクの乳芽の感触に、どんどん興奮が昂ってしまう。

部屋の中には濡れた吐息が木霊し、青い瞳を潤ませながら想いを伝えてくる恵莉那の姿に、彼女への気持ちが高まっていくのを感じる。

「好きだから、本当にハルくんのこと……んんっ」

ダメ押しのように告白してきた彼女が唇を寄せてきた。

奪う、奪われるではない、自然な流れで唇が触れ合う。

胸を揉みながら、思いを伝え合うキス。そんな普通の恋人同士みたいな雰囲気に、晴樹はそっと舌を彼女の口腔に忍び込ませた。

「んっ……んチュ……ん……んんっ!?　んふぁ……んチュ……んん……」

初めて自分からした大胆な行為に、一瞬彼女が驚いたが、舌を絡めて応え返してきてくれた。

舌同士が絡み合う音が部屋に響き、興奮していくツインテールメイドの肢体がうっすらと汗ばみ、胸を揉む掌の中で乳芽が硬くなっていく。

「んっ、んん……あぁ……さっきと違って、大胆すぎよ……」

唇を離した彼女が、嬉しそうに話しかけてくる。

その顔は頬が染まり、どこか照れているような仕種とあいまって、かなり可愛らしい。

「いいじゃんか。それに、僕を興奮させたのは恵莉那なんだし……」

「そ、そうだけど……」

少し恥ずかしそうにうつむく彼女を見ながら、右手を胸から離してスカートを捲り、甘酸っぱい色気を漂わせる太腿を撫で回す。

「んっ、んぅ……」

くすぐったいのだろう。

長いまつげをフルフルとさせながら、肢体を震えさせてきた。

「太腿、スベスベしてるよ」

「そ、そんなの……ふあぁああっ!?」

彼女の反応を愉しみながら指を脚の付け根に近づけ、白いショーツに触れさせた瞬間。形のいい唇から短い悲鳴が聞こえてきた。

しかし、恵莉那は抵抗してこない。それどころか、太腿をそっと広げて、下着に包まれた大事な部分をさわりやすくさせてくる。

「恵莉那のここ、もう濡れてる?」

「濡れて、濡れてなんて……ひゃんんっ!?」

ショーツの上をゆっくりと撫で、中指でサテン布に浮き出していた縦皺をなぞるだけで、肢体が小刻みに震えて甲高い声が聞こえる。

まだ濡れてはないものの、中指が触れた場所は温かく、プニプニとした淫唇が、布の下で広がろうとしているのが感じられた。

「あっ……あふっ……やっ……ひゃんん……」

布越しに淫唇に中指を喰い込ませる度に彼女の身体が震え、艶めかしい声が部屋に流れていく。

熱い淫部は、奥から愛液が滲み出してサテン布が濡れ始め、ショーツ越しに淫唇と薄い草むらが透けてきた。

「ふぁ……んひ……はぁはぁ……」

潤んだ青い瞳に、発情の汗を噴き出して染まっていく白肌。そして、ツインテールメイドの唇から奏でられる濡れた吐息に、股間がムズムズと疼きだしてしまった。

口奉仕をやめられた肉幹はピクンと震え、刺激を求めた切っ先が上下に動いて、興奮を彼女に伝えている。

「恵莉那、挿れたい」

「い、いきなり言うなんて……。もう、ほんとに……バカでエッチなんだから……」

晴樹の言葉に文句を言いながらも、金髪美少女はそっと身体から離れてスカートを捲り、淫部を包んでいる股布を退かした。

光沢のある白布から透け見えている金色の薄い草むらに、膨れている淫核。そして、露わになった濡れた淫部に、ペニスが何度も反応してしまう。

「そ、そんなに見ないでよ、恥ずかしい……」

ショーツを穿いたまま大事な部分だけを見せた彼女が、幼さの残る美貌を真っ赤にさせて文句を言ってきた。

しかし、メイド服を乱れさせた美少女が、自分の言葉を素直に聞いて淫部を包む下着を退かしてくれたのだ。男なら誰だって、その様子を見ていたい。

恵莉那もそんな気持ちが分かっているらしく、重力で元の位置に戻ったスカートを押さえて、大事な部分を隠した。

「なんか、すごいエロい」

「バカ……」

ブラに包まれた胸を露わにさせているだけで、いつものメイド服。なのだが、そのミニスカートの下で淫部が露出していると思うだけで、欲情を掻き立てられてしまう。

「い、挿れるんでしょっ、だから……」

晴樹も彼女と同じように大事な部分を晒したままなのだが、こういう場合は女の子の方が恥ずかしいようだ。

なにもしないでいることに我慢できなくなった彼女が、彼に身体を寄り添わせてくる。

「それじゃ、このまま僕の上に跨って」

「う、うん……」

正常位ではなく、座った姿勢のまま彼女の乱れる姿を見てみたい。

そんな思いからツインテールメイドに頼むと、彼女は少し嬉しそうに笑みを浮べながらも恥ずかしそうに頷き、ベッドに腰をかけている晴樹の股間に跨ってきた。

「また、わたしの中で気持ちよくさせてあげるから……」

コンコン……。

恵莉那が細腰を下ろし、今にもペニスが秘孔に触れようとした瞬間。突然部屋のドアがノックされた。

「答えないで、今はわたしだけを……」

言われるまでもなく、こんな状態で、部屋の外にいるもう一人のメイドに答えることなどできない。だが……。

「なにをなさっておられるのですか？　ご主人さま」

勝手に部屋のドアを開けた藍香が、長い赤髪を揺らしながら入ってきた。

言うまでもなく、大人びた美貌は優しい笑みを浮べたままなのだが、緑色の瞳の端がピクピクと引き攣っている。

「藍香、これは……」

「ご主人さまは黙っていてください」

言い訳すらさせてもらえない。

「恵莉那、これはどういうことなのかしら？」

「ど、どういうこともなにもないでしょっ。ハルくんとエッチするのに、藍香さんの許可なんて必要ないじゃないっ」

恵莉那も藍香の威圧が怖いらしく、声が少し震えている。

が、彼女よりも恐ろしさを感じているのは晴樹の方だ。緊迫した女同士の対決に、勃起したペニスが萎縮してしまう。

「確かに必要なんてありませんけど、そんな貧相な胸で、ご主人さまを満足させてあげることができて？」

「む、胸なんかどうでもいいじゃないっ。ハルくん、わたしのこと大好きって言ってくれたものっ」

晴樹はそんなことは言ってはいないが、構わずに修羅場は続く。

「大好き？　そんな言葉は、きっと恵莉那の幻聴よ。ご主人さまは、私との初体験で何度も気持ちいいって言ってくれましたし。それに、この胸に顔を埋めて、わたしの中にいっぱい出してくださったのですから」

「な、中なら、さっきわたしにだって出してくれたわっ」

「たった一回でしょう」

対面座位で、今にも金髪美少女に挿入しそうな状態のまま続けられる口論に、晴樹は自分の存在を消してしまいたいほどの怖さを感じた。

しかも、どうやらこのケンカの勝者は、赤髪の美少女に決まりそうである。

「抜け駆けして、ご主人さまを独占しようとするなんて……許せません」

血が舞う修羅場。そんな想像を一瞬してしまうが、どうやら彼女たちの対決は、最初から決闘ではなかったらしい。

メイド服の胸元を広げた大人びた彼女が、黒いハーフカップブラに包まれた大きな肉果実を露わにさせ、強引に恵莉那を押し退けて彼の前に立ってくる。

「ご主人さまの大好きな私のおっぱいで、また気持ちよくさせてあげますね」

優しい言葉遣いでそう囁いた藍香が、黒いブラから二つの美峰乳を剥き出し、柔らかくて大きな谷間で彼の顔を挟み込んできた。

「あ、藍香……んむっ」

お仕置きではない肉果実の感触に、少し恥ずかしさを覚えながら晴樹が彼女の美貌を見上げた途端。ピンクルージュの唇が唇に触れた。

隠していた想いを伝えるように舌が絡まり、口腔の唾液を全部奪うように吸引されてしまう。

挿入直前で押し退けられた恵莉那は、青い瞳を丸くさせたまま言葉を失い、部屋にはクチュクチュと淫らなキスの音が響き渡っていく。

「私に夢中にさせてあげます」

唇を離し、悪戯っ娘のように笑った大人びたメイドが彼の前に跪き、薄赤い乳芽を見せる釣鐘型の柔房で、萎えかけたペニスを包み込んでくる。

「うおおおっ」

柔らかすぎる乳肌の感触に、萎えかけたペニスが一瞬で元気を取り戻してしまった。

股間にはムズムズとした刺激が駆け巡り、肉幹を羽毛で包まれているような感覚に、思わず声が出てしまう。

「どうですか、ご主人さま。私の胸、お好きですか？」

「うっ、くあっ……す、好きだよ。藍香も、このおっぱいも……うっ」

「ありがとうございます。ん、あぁ……」

答えに気をよくした赤髪の美少女が、美峰乳を自らの両手で中央に寄せ、上下に動かして肉幹を扱きだした。

自分のペニスの切っ先が、大きな肉果実に埋もれては現れる刺激的な光景に、肉幹と心臓が直結したように脈動してしまい、切っ先から先液が溢れ出していく。

太腿には、大きな柔房が上下に動く度に頂が擦れ、徐々に硬くなっていくのを感じる。

「ふぁあ……ご主人さまのが胸の中で震えて、恵莉那の胸では、ここまで気持ちよくなれませんよね……あん」

艶めかしい吐息を奏でた藍香が、胸奉仕する興奮に感じ始めたようだ。

白い肌が汗ばんで染まり、小指の先ほどに尖った乳芽が、何度も晴樹の身体に擦れてくの字に折れ曲がっている。

「い、いきなり出てきて、ハルくんを取らないでよっ」

さすがに、これ以上黙っていられなくなったツインテールメイドが、藍香と同じように跪き、白いブラをずらして丸い肉果実を見せてきた。

「わたしも、わたしもシてあげるんだからっ」

ふにゅっ。と音が鳴るように金髪美少女の胸までペニスを包み、大きさと柔らかさの違う二人の肉果実が、肉幹を取り合うように擦ってくる。

競うような胸奉仕になったため、ペニスを挟んで二人の柔房まで擦れ合い、尖った乳芽同士が弾き合っているのまで見える。

「うおっ、こんなの……くっ」

すごすぎて言葉にならない。

揺れ動く四つの柔房だけでもたまらない光景なのに、それに擦られる肉果実がジンジンと痺れていく。

「もっと、もっと気持ちよくしてあげるから……んチュ、んんっ」

「私も、私もシて差し上げます……んむっ、んっ……チュル……」

「くぁあっ⁉」

肉果実の谷間から見え隠れする切っ先に、二人の舌が同時に這わされ、腰を引いてしまうほどの鋭いくすぐったさが襲ってきた。

ペニスを取り合う彼女たちの胸は、藍香の美峰乳が二つ同時に上下するのに対し、恵莉那の柔房が左右別々に動かされて肉幹を刺激してくる。

だが、大きさでは赤髪の美少女が勝っているため、ペニスの大半が彼女の胸に埋もれてしまい、金髪メイドの胸はわずかに触れてくる程度だ。

W胸奉仕に痺れ始めた尿道からは、先液が次々と溢れ出してしまい、亀頭に舌を這わせる彼女たちに舐め取られていく。

しかも、藍香の顔が淫らな笑みまで浮べて、上目遣いで見上げてくるのだ。

恵莉那も張り合うように上目遣いをしてくるが、どこか必死さが感じられて色気が足りない。

だが、その二人の表情の差が、タイプの違う美少女に奉仕してもらっているという事実を物語り、より晴樹を興奮させてしまう。

「い、いいよ二人とも……うっ、すごすぎて、出ちゃいそうだよ」

我慢できないわけではないが、二人がかりの奉仕に余裕がなくなってきた。

手は自然と彼女たちの赤い頭と金色の頭を撫でてしまい、どちらかの口腔を貫きたい衝動に、腰が自然と動いてしまった。

「んっ、んチュ……んふぁ……はぁはぁ……お出しになりたいのですか？」

藍香が口を離して訊いてきた隙をつき、恵莉那の唇が亀頭を包み込んできた。

大人びたメイドの美峰乳に挟まれたまま、亀頭だけをツインテールメイドの生暖かい口腔に奉仕される鋭い痺れに、なにも言えないままコクコクと頷いて答える。

「このままお出ししてくださってもいいのですが、それでは勿体ないですから……」

長い赤髪のメイドがペニスから離れたと同時に、恵莉那の唇が肉幹の根元まで包み込んできた。金色の頭が股間で上下に動く度にペニスが震え、焦燥的なムズ痒さが股間から全身に広がってくる。

「んチュパっ、んん……んふぁ……んチュパっ、んっんっんっ……」

「恵莉那ったら、そんなに夢中で……。でも、ご主人さまはこちらの方が……」

囁くようにそう口にした藍香が、見せるようにメイド服のミニスカートを捲り、贅肉一つないお腹と、黒いセクシーなハイレグショーツを見せてきた。

しかも、ヒスイ色の瞳を恥ずかしそうに伏せた彼女は、そのままもう一人のメイドと同じようにショーツの股布を退かし、赤くて薄い草むらとぷっくりと膨らんだ淫核。そして、淫唇を広げた淫部まで見せてくる。

胸と口で奉仕し興奮した藍香の太腿には、シルク布で押さえられなくなった愛液がキラキラと輝きながら伝い、黒いニーストッキングに染み込んでヌメ光らせていた。

「ください、ご主人さま。ご主人さまのを、また私の奥にまで……」

「んふっ……んチュっ、んっんっ……んぶっ⁉　藍香さん、コレはわたしの……。絶対に渡さないんだから……」

ベッドに乗った藍香が股間を跨ってきた行動に、フェラをしてくれていた恵莉那が驚き、ペニスから口を離して文句を言っている。

だが、赤髪メイドの行動はとまらない。金髪美少女を無視するようにペニスに淫部を近づけ、切っ先にヒクヒクと蠢く秘孔を押し付けてきた。

「ちょっと、わたしのだって言ってるのに取らないでよっ。挿れるならわたしに……」

「お慕いしています、ご主人さま……んぁっ、んぅ……はうっ⁉　んぁあぁあぁあぁあああああああぁッ！」

ジュプッ……ジュプジュプジュプジュプジュプッ！

「くあっ」

恵莉那を完全に蚊帳の外にした藍香が、うっとりとした表情で肢体を下ろしてきた。

対面座位のまま亀頭に被さるように秘孔が広がり、優しく絡まる膣襞を捲り返しながら温かな膣内にペニスが包まれた刺激に、肉幹が焦燥的な痺れに包まれていく。

「ふぁッ、あッ……くぅんんんッ！　はぁはぁ……ご主人さまのがまた……あふッ」

「あ、藍香。藍香の中、気持ちよくて……ちゅぷっ」

「きゃんッ、胸が……胸まで……ご主人さま……ご主人さまぁあああッ！」

舐めるように肉幹に絡まり、心地いい締め付けでペニスを扱いてくる膣内の蠕動に我慢できず、艶めかしい声を奏でている藍香の胸に吸い付いてしまった。

大きな肉果実に顔を埋めながら、グミ菓子のような弾力の乳芽をしゃぶる興奮に、彼の腰は自然と動きだしてしまい、大人びたメイドの肢体を突き上げ始めてしまう。

部屋にはジュプジュプと淫らな挿入音が鳴り響き、赤い髪を靡かせる彼女の肢体が上下に動く度に、膣襞に舐め擦られる肉幹に鋭い痒みが走ってくる。

「き、気持ちいいよ藍香っ。藍香のアソコ、いっぱい絡み付いてきて、僕のが舐め溶かされちゃいそうだよっ」

「あふッ、あッ……きゃんンッ！　う、嬉しい……はふッ、嬉しいですッ！　もっと……もっと激しく突いてください……私の中に中にまた……ひゃうッ！」

腰の動きに併せて肢体が上下に動き、大きな肉果実を激しく弾ませながら、秘孔が淫らに捲れて肉幹を出し入れさせてくれた。

絡み付いてくる膣襞は、亀頭裏にまで張り付いて膣粒を擦り付け、焦燥的なムズ痒さで頭の中まで直撃してくる。

ジュプッ、ジュプッ、ジュプジュプッ！

「あふッ、ンあぁッ！　ひゃひッ、はふッ……んッ、んッ、きゃうッ！」

淫らな音が鳴って藍香の肢体が上下に動く度に、ペニスが痺れて肉幹が脈動してしまう。

しゃぶっている乳芽は乳輪まで膨らんで興奮を伝え、彼女の染まった肌から噴き出した発情汗が、より淫らに肢体を濡らして彩っていく。

「ず、ずるいっ。藍香さん、ハルくんをひとり占めにするなんてっ！」

完全に蚊帳の外にされた恵莉那が、瞳を潤ませて訴えてきた。

しかし、金髪メイドでは感じられない藍香の優しい膣の締め付けに、彼は夢中になったまま興奮を昂らせ、もう一つの乳芽にも吸い付いて秘孔を貫き続ける。

部屋には秘孔を貫く音とともに、乳芽をしゃぶる音まで響き渡ってしまい、刺激を受けていない恵莉那を意図せずに焦らしてしまったらしい。

「藍香さんだけに夢中になるなんて……。わたしの、わたしの胸も吸ってよっ！」

肢体の疼きに耐えられずベッドに乗ってきた恵莉那が、今にも泣きそうな表情で彼の顔を美峰乳から引き離し、代わりに丸い柔房の頂を含ませてきた。

「わたしだって……、わたしだって胸あるんだから。藍香さんほどじゃなくても……ハルくんを喜ばせてあげられ……きゃぅうぅうっ⁉」

少し強引に含まされたが、柔らすぎる美峰乳とは違う、張りの強いツインテールメイドの胸も魅力的だ。

晴樹は顔を埋めている胸を右手で鷲掴み、乱暴に指を喰い込ませて揉みながら、薄ピンクの乳芽に歯を立てて思いっきり吸い上げた。

藍香ではできない乱暴な行為。しかし、M気質の恵莉那はたったそれだけで肢体をピクンと跳ねさせ、甘い声を部屋に響かせている。

「ご主人さま、私のも、私の胸も……ふぅあああッ！」

胸で感じる恵莉那に嫉妬した藍香が、大きな肉果実を揺らしてねだってきた。

晴樹はなにも言わないまま彼女の要望に応え、釣鐘型の大きな肉果実を左手で揉んで、指の間で尖っている乳芽を転がしまくる。

部屋には二人の甘い声が響き、より彼の興奮を昂らせてセックスに夢中にさせてしまう。

「エロすぎるって二人とも。恵莉那だって、もうここ濡れてるんじゃないの？」

「はうっ……あっ、はぁはぁ……う、うん……ひゃふっっ」

胸から移動させた手でツインテールメイドのミニスカートを捲り、クチュと音を鳴らしてショーツの股布を退かしていた淫部に触れた瞬間。期待に満ちた声とともに、秘孔から大量の愛液が溢れてきた。

晴樹の手は瞬く間に熱い愛液にまみれてしまい、ポタポタとベッドシーツにまで滴って、淫らな染みを広げていく。

「ここにも、挿れてあげるよ」

「ふぁ……んっ、なに……を……きゃひぃいいいいっ⁉」

中指と薬指をそろえて曲げ、ヒクヒクと蠢いていた秘孔を突き刺した途端。恵莉那が長い金髪を振り乱しながら喘ぎだした。

藍香の膣も、恵莉那の嬌声に呼応したように締め付けが強くなり、膣壁全体が波打つように蠢いてペニスを奥へと導いていく。

「くっ、藍香の中、すごく動いて……僕もうヤバイっ」

ジュプッ、ジュプジュプジュプッ！

肉幹を舐め絡みながらペニスを扱いてくる膣襞の蠢きに、強烈な悦痒さが駆け巡ってきた。腰は彼女の肢体に併せて激しく突き上げてしまい、胎内を下りてきた子宮口が、亀頭を舐めるように被さってくる。

「ふぁッ、はふぅううッ！　当たって……奥に当たってますッ、ご主人さまのが……ごひょひんさまのがわらしの奥にまれ……ンぁッ、はひぃいいッ！」

　膣の最奥を突き上げたことで藍香の肢体が半痙攣し、膣全体が蠕動し始めた。大きく揺れる美峰乳の谷間には、大粒の発情汗が幾つも伝って流れ、乱れたメイド服がヒラヒラと揺れ動いて肢体を淫らに彩っている。

　口調はとうとう呂律が回らなくなったらしく、潤ませた緑の瞳を蕩けさせながら、半開きにさせた唇から唾液まで零して頬に伝わせ始めた。

「ふぁあっ、あっ、ずるい……藍香さんばかり、藍香さんばかりそんなに気持ちよさそうに……ハルくん、わたしも……わたしもぉおお」

　秘孔を指で貫いているツインテールメイドが甘えた声でねだり、胸に埋めた顔だけは赤髪のメイドには渡さないとばかりに、彼の頭を両手で抱えてくる。

「ダメだよ。恵莉那はさっきエッチしたばかりじゃん。だから、これからは藍香とだけエッチして、恵莉那は指だけだからね」

「そ、そんな、そんなのひどい……ひどすぎるよぉおおっ」

　金髪メイドの言葉に、少しだけ意地悪く答えながら胸を吸って乳首を転がし、曲げた二本の指で膣内を掻き捲った直後。その言葉に反応した彼女の膣が締め付けを強くさせ、大量の愛液を溢れさせた。

　肢体を何度も突き上げて子宮口に切っ先を填め込んでいる藍香も、恵莉那に話した同じ

言葉で愉悦感を憶えたらしく、大きな肉果実をさらに弾ませて発情汗にまみれている。

膣内の襞はさらに激しく肉幹に絡み付いて奥へとうねり、肉幹のピストンに併せた子宮口が、何度も亀頭を填め込ませてくれた。

「きて……きれくらひゃいご主人さまッ、早ふ……ひゃやく熱いのを奥に……私の一番おふにらして……あふッ、あッあッあッ……ふぅあぁッ！」

限界を迎え始めた藍香が、さらに激しく肢体を上下に弾ませて愛液をしぶかせてきた。

幾枚もの膣襞と無数の膣粒で肉幹を擦られているペニスも、もう我慢の限界だ。

指で秘孔を貫いているメイドをよそに、左手で藍香の肉果実に指を喰い込ませて揉みながら、子宮口に何度も切っ先を填め込んで肉幹を痺れさせていく。

「いくよ、藍香。藍香の中にまた……また出すならっ」

「ふぁッ、はひッ……出しれ……ご主人さふぁのメイドに……いっふぁい……いっぱいくららさい……はふぃッ、くぅんンッ」

長い赤髪を靡かせて喘ぐ彼女のお腹が、下から上に波打つように動きだした。

子宮口にキスされ、吸い上げられ始めた亀頭は痛痒く痺れ、肉幹がビクビクと脈動しながら内部に濁液を駆け登らせていく。

怒涛のように全身を駆け巡る強烈な痛痺れに晴樹はもうなにも考えられなくなってしまい、本能のまま腰を動かして子宮口に亀頭を填め込ませた瞬間。

切っ先から生まれた狂おしい悦痺れに理性が薄れ、一気に頭の中が真っ白になってしまった。

「出るっ、出るよ藍香っ！　藍香の一番奥にっ……くううっ！」

「ふぁッ、奥に……熱いのくだひゃひッ……あふっ、あかちゃん……できても……できてもいいれすから……全部……全部私の中に……ンはッ、あッあッあッ……きゃううッ!?」

びゅぷッ！　びゅるびゅるびゅるびゅるびゅるッッッ！

「んはぁうッ！　ひゃうッ……ひくぅううぅうぅうぅううぅぅう――――ッ！

お腹の中……お腹ろ中が灼ふぇてまふッ！　ご主人さみゃ……ご主人さふぁのれ私の中……くぅんんんンンンんンんンんンンんン――――ッ！　ッ！」

プシュッ！　プシュウウウウウウウウウゥゥゥゥゥゥゥ………ッ！

肉幹が脈動痙攣しながら大量の精液で一回り膨らみ、鋭くも痛痒い刺激に痺れた亀頭から、破裂したように白濁液が飛び出してしまった。

子宮口から直接彼女の聖域に迸った粘液の熱さに藍香も同時に絶頂に達したらしく、背中を仰け反らせながら嬌声を張り上げている。

弾けるほど尖った乳芽ごと大きな肉果実を小刻みに震わせた藍香は、小さな尿道から潮まで噴き出し。閉じた緑の瞳から歓喜の涙まで溢れさせて、肢体の硬直痙攣を繰り返していた。

膣内は一滴の精液も残さないとばかりに膣壁を蠕動させて肉幹を扱き、ウネウネと蠢く幾枚もの膣襞が肉幹の内部までマッサージするように絡み舐めている。

子宮は絶頂と同時に収縮を繰り返し、子宮口に填め込んだ亀頭から白濁液を吸い出し続けてくる。

「くおっ、くっ……うおおおっ！」

「はうッ、ッ……ひゃくぅううッ！　んッ……あッ……はぁああッ！　あッ……ふぁんンんンッ……ああ……はぁはぁはぁ……ッ……はぁはぁ……」

膣に扱かれ、子宮に吸い出されるように最後の一滴まで彼女の中に放出させ、やっと理性が戻ってきた。

しかし、藍香はまだ絶頂が終わってないらしい。

対面座位のまま背中を仰け反らせて大きな肉果実を揺らし、膣内と秘孔でヒクヒクと肉幹を締め付けながら、滑らかなお腹を波打たせている。

「藍香、気持ちよかったよ」

「ご、ご主ひんひゃま……ッ……んぁッ……」

まだ弛緩痙攣を繰り返している大人びたメイドが、美峰乳を押し付けるように体重を預けてきた。

子供のように彼の胸の中で痙攣している彼女の姿に、晴樹は愛おしさを感じてしまい、まだ膣内に挿入したままのペニスがビクンと脈打って、新たな精液を迸らせてしまう。

「ずるい……ずるいよハルくん。わたしだけ、わたしだけまだ……」

藍香の膣に夢中になっていた彼に、恵莉那が泣きそうな顔で話しかけてきた。

彼女の膣を貫いたままの右手は、嫉妬と得られなかった肉欲でキュウキュウと締め付けられ、うっ血してしまいそうな痛みに襲われている。

「恵莉那……」

じゅぽっ。

「んぁッ!? んっ……はぁはぁはぁ……」

やっと絶頂を終わらせた藍香からペニスを引き抜き、ベッドに寝かせてツインテールメイドを見る。

彼女の秘孔を突き刺している指が、愛液でベトベトだ。

しかも、秘孔からはダラダラと女蜜が滴り、指に絡み付く膣襞が、ペニスを挿入したあとの快楽を教えてくる。

「あ、まだ……まだそんなに……」

精液と愛液でベトベトになっているペニスを見つめた恵莉那が、硬いまま勃起しているのを喜んで笑みを浮べ、青い瞳を震わせた。

「今度は、今度はわたしに……、ハルくんのが欲しくて、もうこんなになってるんだから……早くここに……んっ」

艶めかしい声で秘孔から指を引き抜いた彼女が、見せるような仕種でショーツから片脚を引き抜き、ベッドの上で細脚をM字に広げて大事な部分を披露した。

見せられたエッチと、指での愛撫で十分準備が整っている金髪美少女の淫部は、淫唇をプックリと膨らませて薄赤い秘粘膜を晒し。ヒクヒクと口を開閉させている秘孔が、内側から何度も盛り上がって挿入を待ち望んでいる。

「恵莉那も僕のものに……」

仰向けに転がり、ポッカリと空いた秘孔から精液を溢れ返す藍香を横目に、まるで操られるようにツインテールメイドの肢体に向かっていく。

「ハルくん……わたしにも早く……んんっ。あっ……ひゃんっ、ふぅあ……」

軽くキスをして胸を揉み、唇を下に移動させながら限界まで尖っている薄ピンクの乳芽をしゃぶり、そのまま淫部に顔を近づけて埋める。

彼の顔は女の子の香りとムッとした女熱に包み込まれ、本能の命じるまま舌を這わせて白ピンクの女芽を剥き出し、ヒクつく秘孔の淵を舐めた途端。待ちきれなくなった愛液が噴き出して、晴樹の顔を直撃してきた。

「んあっ、ご、ごめんなさいっ。顔に……」

汚してしまったと思った彼女が、泣きそうな顔で話しかけてくる。

「別に気にしてないよ。それよりも……」

顔にかかった熱い女蜜で、射精した直後にもかかわらずペニスが疼き始めてしまった。

彼女も脚をM字に広げたまま閉じようとはせず、恥ずかしそうに幼さの残る美貌を染めたまま、右手で秘孔を広げて挿入を待っている。

「は、はやくしてよっ。こんな恰好、死にたくなるほど恥ずかしいんだからっ」

彼女らしいセリフだが、柔らかい言葉遣いに気持ちが伝わり、興奮が高まっていく。

「え、恵莉那の中にも……」

彼女の淫らな姿に誘われるように動き、ペニスを握った直後。

「ダ、ダメ……です。はぁはぁ……ご主人さまの、ご主人さまのペニ……スは、私だ……けのモノで……す。ですから、もう一度……ここに……」

未だに弛緩している藍香が突然起き上がり、這うように動いて金髪メイドの隣に座り、張り合うようにショーツから片足を引き抜いてM字開脚してきた。

もう一人のメイドと同じように細指で広げられた秘孔はヒクヒクと膣口を開閉させながら白濁の絡まった内壁を晒し、蠢く膣襞まで見せてくる。

「ハルくん。わたし……わたしに挿れて……」

「ご主人さ……ま、私に……ご主人さま……のペニスを……、また……」

同じ体勢で細指を淫部に当てて自ら秘孔を広げている彼女たちの姿に、生唾を飲み込んでしまう。

だが、二人の表情が決定的に違った。

恥ずかしそうに幼さの残る美貌を背け、潤んだ瞳を横に向けて見つめてくる恵莉那に対し。一度エッチした藍香は、体力を失って今にも倒れてしまいそうな状態ながらも、余裕ありげに笑みまで浮べて、蕩けたヒスイ色の瞳で彼を誘っている。

内に秘めている性癖を表す彼女たちの秘孔からは白濁液と白みがかった愛液が絶えず溢

れ、ベッドシーツに淫らな染みを広げていく。

「ぼ、僕は……」

二人の姿に興奮が高まり、肉幹が再び脈動し始めてしまう。

両方とも挿入したいという気持ちがあるが、エッチしたばかりの赤髪メイドよりも、必死に挿入を求めて秘孔を蠢かせている金髪メイドの方に、気持ちが傾いている。

晴樹はゆっくりと恵莉那の前に行き、彼女が広げている秘孔に切っ先を押し当てた。

「そん……な、ご主人さ……ま、恵莉……那より……わ、私に……」

「じゃあいくよ、一気に奥まで挿れるからね」

「う、うん……はうっ⁉」

ジュプッ、ジュプジュプジュプ……ジュプジュブジュブッツッ！

「くはッ、あッ……ひゃふぅぅぅぅうぅぅうぅうぅう――――――ッ！」

藍香の非難が聞こえる中、恵莉那の気持ちに応えるように亀頭で秘孔を押し広げ、一気に根元まで挿入して子宮口を突き上げた。

ツインテールメイドの肢体は挿入と同時にビクビクと震え、大量の発情汗を噴き出しながら、ものすごい膣圧で肉幹を締め付けてくる。

簡単に最奥を叩いてしまった亀頭は、そのまま蠢く子宮口をこじ開け、切っ先を聖域にまで填め込んでしまった。

「あふぁッ……ひゃひッ……入れられただけなのに……わたし……――――ッ！」

恥ずかしそうに青い瞳を閉じた彼女が、真っ赤な顔を背けている。

「そんな顔、可愛すぎるってぇっ」

「え？　あ……な、なに⁉　きゃうッ、きゃぁあああぁあぁああああッ！」

恥ずかしがる顔が、どんな男でも一瞬で虜にするほど可愛い。

晴樹は感情を抑えられなくなってしまい、脚をM字に開いていた彼女の肢体を押し倒して、激しく腰を動かし始めてしまう。

正常位で突き上げる彼女の肢体は、お椀型の肉果実とともに激しく揺れ動き、メイド服の捲れたミニスカートから、ペニスを挿入している秘孔が丸見えの状態だ。

長いツインテールをシーツの上で泳がせ始めた彼女は、やっと受け入れられた快楽に顔を振り、シーツをギュッと握って濡れた嬌声を部屋に響かせていく。

「可愛いよ恵莉那。すべてが丸見えで、もう興奮を抑えられないっ」

「はうッ、はぁはぁ……あうッ。つ、突いて……もっと激しく……はふッ、壊しちゃっていいから……ハルくんので壊れちゃってもいいから、藍香さんより激しく突いてッ！」

ジュプッ、ジュプッ、ジュプッ、ジュプッ！

青い瞳に涙まで浮かべる美貌を見ながら、晴樹は腰を動かして秘孔を貫いた。

きつく、狭すぎる膣内は、彼女の気持ちに反応するようにキュウキュウと収縮蠕動を繰り返して肉幹を締め付け、無数の膣粒が付着した膣襞が、ペニス全体を絡み搾るように扱いてくる。

「ふぁああッ、あふッ……こんな……こんな奥にまで……恥ずかしいのに……わたしのアソコが見られてて恥ずかしいのに……わたし……わたしぃいッ！」

肉幹を咥えて歪む秘孔を見られる恥ずかしさに、金髪メイドの瞳に涙が浮かぶ。だが、肢体を隠そうとはしない。むしろ、M気質が完全に目覚めてしまったように淫らな姿を晴樹に見せ、さらなる快感に声を上げずらせていく。

ピストンを繰り返して貫いている膣内は、肉幹に吸い付くように秘孔が捲れる度にキュンキュンと収縮し、子宮口が切っ先にキスを繰り返してくる。

ニーソックスに彩られた太腿には、内腿筋が浮き出して艶めかしく震え、秘孔から溢れ出した愛液が、漏らしたようにシーツの染みを広げた。

「すぐにイカせてあげるよ。恵莉那の中にもいっぱい出して、僕だけのメイドにしてあげるからねっ」

「はふッ、んッ……もう……もうハルくんだけのメイドなのに……ンひッ、わたし……もうハルくんのものなのに……あふッ、あッあッ……ひゃんんンッ！」

女の子を、それも美少女メイドを激しく貫く快楽に、際限なく興奮が高まっていく。

頭の中は血でいっぱいになり、もう自分ではとめられないほど激しく腰を動かして、小さな秘孔を捲り返してしまった。

ペニスによって快楽を感じ始めた彼女も、両手でシーツを掴みながら喘ぎ、桃尻を上下にしてペニスのピストンに応えてくれる。

「んあッ、ひゃふッ……はぁはぁ……ンぅうッ！　す、すごいこれ……苦しいのに……お腹の奥が痺れて、またイク……わたしまた……ふぁあああッ!?」

受け入れたペニスの圧迫感で喘ぎ、間欠泉のように肉幹と秘孔の隙間から愛液を噴き上げた金髪メイドのスカートが、裾を乱れさせながら濡れ始めた直後。

彼女の胎内を下りて来た子宮口に、ギュリュッと音を鳴らして亀頭のすべてが入り込んでしまった。

「くぉあっ、うおおおっ」

まるで膣内で、亀頭だけ口淫されたような刺激に、一瞬頭の中が真っ白に染められた。

彼女も、まさか亀頭のすべてが子宮内に入るとは思ってなかったらしく、詰まった息を繰り返しながら、肢体を半痙攣させている。

「すごい、すごいよ恵莉那っ。こんなに気持ちいいなんて、すぐに出ちゃうよっ」

「くはぁああッ、あふッ……あぁッ……ひくぅううッ！」

狭い膣に扱かれながら、子宮口を亀頭裏のエラで捲り返す興奮に、晴樹は我を忘れて腰を振りまくってしまう。

子宮口を責められる恵莉那も、その貫きが気持ちいいらしく、何度もシーツの上で悶えくねって桃尻を跳ねさせてきた。

本当に最奥で亀頭を受け入れてしまった彼女は、息苦しそうな呼吸を繰り返しながらも濡れた声で喘ぎ。興奮に張りの強い肉果実を一回り膨らませて、乳輪ごと尖った頂をさらに硬くさせている。

ジュプッ、ジュプッジュプジュプッ！

「くはぁあッ！　はうッ！　おく……壊れ……はうッ！　ハルくん……ので……ふぁあッ、はうッ、あッ、ひゃひいいッ！　ハルくんので……わたし壊れ……くんんッ！」

腰がとまらず動き、秘孔とともに子宮口まで捲り返して貫き続ける。

部屋には一際大きな挿入音が響き渡り、量を増した愛液が秘孔からゴプゴプと溢れて、ベッドシーツ全体に染み込んでいく。

「出してあげるよっ、ここに直接出して、僕のもの専用にしてあげるからねっ！」

興奮に目を血走らせながら、子宮内に直接性液を注ごうと腰のスピードを速めた直後。

「ご、ご主人さま……。私にも……私にもしてくださいっ！　ご主人さまので奥まで突いて、もっと私の奥に熱いのを出してっ！」

エッチ後の弛緩をやっと終わらせた藍香が、秘孔から白濁液を溢れさせながら、ツインテールメイドの上で四つん這いになってきた。

「一目惚れだったんですっ、子供の頃にご主人さまを見たときから、好きになってしまって。ですから、ですから私にも……恵莉那だけではなく私にもぉおおっ！」

突然の告白とともに大きなお尻を掲げ、メイド服のミニスカートを腰まで捲った彼女の姿に、今まで恵莉那だと思っていた一つの記憶が、頭の中で藍香と合致していく。

幼かった金髪美少女を屋敷までおぶって帰ったあと、紅茶を出してくれた女の子がいた。

直前まで恵莉那と一緒にいたため、彼女だと思い込んでいたが、それは記憶の誤り。本当は、幼い藍香が緊張しながら、温かい紅茶を持ってきてくれていたのだ。

そして彼女は晴樹の顔を見た途端顔を真っ赤にさせ、慌てて部屋を出ようとしたときに転がってスカートを捲り、今と同じ体勢になって白い下着に包まれたお尻を晒した。

「あのときの女の子が藍香……、僕、僕もうどちらかなんて選べないよっ」

同じ体勢になったことで思い出した昔の藍香。

幼い頃に出会った二人の少女が、想いを募らせたまま成長し、メイドとなって自分のところに来てくれた。

その気持ちが嬉しくなってしまい、晴樹はツインテールメイドをペニスで貫きながら、中指と薬指をそろえて大人びたメイドの秘孔に突き刺してしまった。

「あふッ、ふぁあぁあぁあぁああぁあああああっ！」

ヌメリとした膣襞を擦り、指の根元まで膣内に挿入したと同時に、藍香が長い赤髪を振り乱しながら濡れた嬌声を奏であげている。

先ほどのエッチで十分濡れていた膣内は、ドロリとした精液の感触まであり、彼女の中を自分の体液で満たしているという事実に、さらに肉幹が太くなってしまう。

「ンあッ、あッ……わたし……わたしとシてるのに……藍香さんで興奮するなんて……んッ、はぁはぁ……。バカ……ハルくんのばかぁあぁあぁあぁッ！」

責めるような声が聞こえる。だが、二人のメイド美少女が肌を晒し、互いの胸で相手の肉果実を潰し、乳芽を擦り合わせているという夢みたいなシチュエーションに、興奮がどんどん高まって理性が薄れていく。

藍香の秘孔に差し込んだ指で、自分の精液を膣襞と壁に染み込ませていく充実感。そして、狭くきつい恵莉那の膣を貫き、亀頭裏で子宮口まで捲り返しながら彼女に嫉妬させるサディスティックな喜びに、肉幹がビクビクと脈動して強烈なムズ痒さに包まれ始めた。

「もう二人とも僕のもんだっ。だから、もっとおっぱいとアソコを擦り合わせて、もっと僕を興奮させてよっ」

誰にも渡さない。そんな思いだけが強くなり、卑猥な命令をしてしまう。

「ひゃうッ、あッ……ああッ！　そんなの……そんなの勝手すぎ……きゃうッ。二人とも……二人ともだなんて……あッ、あッ、はぁううッ！」

「かっ、勝手ですご主人さま……はふっ、私も恵莉那も専属にするなんて……勝手すぎますぅううっ！」

言葉では責めてくるが、彼女たちの肢体が『二人とも専属メイド』を許すように、胸を潰し合わせて乳芽を弾き、赤と金色の薄い草むらの中で目立つ女芽まで擦らせ始めた。

細腰はくねり、自分の中の方がご主人さまを気持ちよくできると主張するように、秘孔に挿入した指とペニスを締め付けてくる。

どちらかを選ぶことなんてできない美少女を、二人とも自分のメイドにできる喜びに、肉幹はさらに脈動してしまい、ジンジンと痺れながら濁液を駆け登らせていく。

「出すよ、恵莉那の中にも出して、精液染み込ませてあげるからねっ」

「はうッ、う、うん……きゃんッ！　わたしも……わたしも染み込まされちゃうのッ……ハルくんのをいっぱい出されて……一生専属のメイドに……」

「んっ、ふぁああっ！　指……指が擦り込んで……ご主人さまの精液……んっ、あっ、はぁはぁ……壁の奥にまで染み込んできますぅううっ！」

絶頂間際の快感に、藍香の肢体まで半痙攣を起こし、二人の膣内のすべてが蠕動して、指とペニスをさらなる奥へと送り込もうと蠢きだした。

狭すぎる恵莉那の膣に締められた肉幹は、鋭くも心地いい痛痒い痺れに包み込まれ、子宮内に入り込んでいる切っ先がどんどん膨らんでしまう。

過剰とも言える興奮に、もう指で秘孔を貫いていられず、晴樹は大人びたメイドの淫部から手を放して、彼女の大きなお尻を鷲掴んだ。

「ふぁんんっ！　ひ、ひどいですご主人さま……私も、私も一緒にイけそうでしたのに……、でしたらこうやって……あっ、ふぅああっ！」

「くおおっ⁉」

「ひゃんんンッ⁉」

晴樹と恵莉那が、同時の快楽の声をあげる。

膣の快楽を失った赤髪の美少女が、胸と女芽をツインテールメイドと擦り合わせながら、ピストンさせる度に秘孔から出てくる肉幹にまで淫部を押し付けてきたのだ。

そのため、晴樹はピストンする度にきつい膣内と子宮口。そして淫唇と吸い付くような秘孔の感触まで肉幹に憶え、常に膣に挿入しているような疑似感に陥ってしまった。

腰を動かす度に奏でられる彼女たちの濡れた声は、まるで二人同時にペニスを突き刺しているような錯覚さえ感じてしまい、射精することしか考えられなくなっていく。

目は肢体を重なり合わせ、乱れたメイド服を淫らに動かす二人から離れなくなってしまい。潰れて横乳を身体からはみ出させた肉果実や、隠す布のない大きなお尻まで揺らしている藍香の姿に、興奮が高まってしまう。

「ふぁあっ、ご主人さまっ。そんなに見られたら……んっ。私……私ぃいぃいいっ！」

「ひぃやんッ！　そんな、奥で響いてッ……ンひッ、壊れちゃう……わたしのアソコ壊れちゃうよぉおぉおおッ！」

同時に甲高い声が部屋に響き、半痙攣している二人の肢体が硬直しだした。

恵莉那の絶頂直前の膣の強烈な締め付けを受けたペニスは、強烈な痛痒さに襲われて脈動してしまい。藍香の秘孔は射精を急がせるように肉幹の根元を淫唇でくすぐり、秘孔がものすごい吸引でペニスの悦痺れを倍増させてくる。

きつい締め付けと強烈な秘孔の吸引で、狂うほどの痛痺れまで感じさせられたペニスには濁液が駆け登り、今にも爆発してしまいそうだ。

痛痺れが走った肉幹は、背筋まで痺れさせて理性を狂わせ、限界を重ねた悦流が一気に脊髄を走り頭の中まで貫いてきた。

「うおっ、もう出る……出るよっ、奥に……奥に出すからなっ」

「はふッ、出して……わたしも……わたしももうダメッ！　お腹の中グチャグチャになっちゃって、ふぁッ、あッあッあッ……もう……はふっ⁉　ひゃうッ、んッ、ひゃうううううっうぅうぅうぅうぅうウン――――――ッ！　ッ！　ッ！」

「ひうっ、はふっ、はぁはぁ……私も……ひゃンっ、私も、もうイク……イッちゃいますっ、ご主人さま……ご主人さまぁあぁあぁあああ――――っ！」

びゅぶりゅるるッ！　びゅる……びゅぶびゅるびゅるびゅるびゅるるるるるるッ！

プシュッ！　プシュウウウウウウウウウウゥゥゥゥゥゥ……ッッ！

狂いそうなペニスの痛痺れに耐えられず、藍香の膣口を肉幹で激しく擦りながら、恵莉那の秘孔を思いっきり貫いて子宮口に亀頭を挿入させた瞬間。

本当に爆発してしまったような勢いで亀頭から精液が噴き出し、ツインテールメイドの子宮内に直接白濁液を流し込んでしまった。

二人のメイドも射精と同時に絶頂したらしく、肢体を痙攣硬直させながら、小指の先が入るほど尿道を広げて熱い潮を噴き出している。

「んぁあっ！　はうっ、ご主人さま……はうっ、っ、くぅんんんっ！」

「きゃふッ！　ひゃひッ……いっぱいッ……お腹のいっぱい入ってきて……溶けちゃうよぉおおッ！　んッ、ひゃひぃいいいッ！」

赤髪のメイドが海老のように背中を仰け反らせて嬌声を張り上げ、大きな肉果実を何度

も揺らしながら、肉幹の根元に激しく秘孔を吸い付かせてきた。

ツインテールメイドも、藍香を乗せたままブリッジをするように背中を仰け反らせ、肢体の痙攣硬直を繰り返して丸い肉果実を震わせている。

たった一本のペニスを二人で取り合っているような秘孔と、二人の美少女メイドの淫らすぎる姿に、ペニスは何度も脈動を繰り返して射精を続けてしまう。

放尿しているような開放感と狂おしい悦痺れに、恵莉那の子宮内には大量の精液が跳ねて溜まり、亀頭を呑み込んだ子宮口からドロドロと膣内に溢れ出してくる。

「とまらない……とまらないよ恵莉那っ、く、くぉおおっ」

「ふぅああッ、多い……多すぎよ……んぁッ！　もういっぱい……いっぱいなのに……ひくッ⁉　くひぃいぃいいいいぃいい――――ッ！」

ゴビュプルッ！　ビュリュッ……ゴポゴポゴポ……ッ！

肉幹に強烈な痛痺れが走り、気を失うような悦痺れとともに、最後の精液が塊りとなって切っ先から噴き出した瞬間。金髪メイドの淫部から異質な粘液音が鳴り、肉幹と秘孔の隙間から大量の精液が溢れ出した。

噴き出すように零れた白濁液は、そのまま肢体を重ね合わせていた藍香の淫部まで白濁まみれにさせ、ドロドロとシーツに流れて粘液の山を作っていく。

「くはっ、はぁはぁはぁ……」

「んあっ……はうっ……はぁはぁ……んっ……はぁ……」

「ひゃうッ、うッ……くぅんンッ……はぁはぁ……ッ……はぁはぁはぁ……」

三人同時にベッドの上に崩れ、荒い呼吸音だけが部屋に木霊する。

絶頂したまま肢体を小刻みに震えさせているメイドたちは、その秘孔から白濁液を溢れさせながら弛緩し、染まった肌を大量の発情汗で艶めかしく光らせていた。

重ね合わせていても波打っているのが分かる腹部は、何度も淫部からお臍に向かって動き、逆流している精液を子宮に戻そうとしている膣の蠕動まで伝えてくる。

絶頂に蕩けた大人びた美貌と幼さの残る美貌は、真っ赤に染まったまま瞳を潤ませ、恍惚の表情で涙まで流している。

「き、気持ちよかったよ……二人とも」

「んぁあっ⁉」「ひゃふぅううっ！」

ジュリュッと音を鳴らして金髪メイドの秘孔からペニスを引き抜き、そのまま肉幹の内部に残っていた精液を赤髪メイドの大きなお尻に迸らせた。

肢体を弛緩痙攣させ、放出と流れた白濁液で秘孔とお尻まで汚した彼女たちの姿に、美少女二人を自分のものにした満足感が心を満たしてくる。

「ご、ご主人さま……、はぁはぁ、もうよろしいのですか？」

「あ、ああ。もう出そうにないよ」

藍香の言葉に、すぐに答える。

嘘でなく、本当にもう射精できそうにない状態だ。

下半身が甘ったるく痺れ、ペニスにジンジンとした痛みさえ感じている。

「で、でも……まだこんなに硬いし……」

今度は恵莉那が話しかけてきた。が、彼女の言っている意味が分からない。

(硬いって言われても、それは萎える前の硬さで……っ!?)

ふと自分の股間を見た晴樹は、言葉もなく驚いてしまった。

愛液と精液にまみれたペニスが、元気に勃起したまま切っ先を天井に向けている。

「まだ、抱いていただけそうですね、ご主人さま。次は、私の番ですから……」

今にも射精できそうなペニスを見た大人びたメイドが、嬉しそうに笑みを零しながら汗まみれの肢体を動かし、ベッドの上で四つん這いになっていく。

「藍香さんには渡さないから。ハルくん、もう一度わたしの中に……」

藍香と並ぶように恵莉那も四つん這いになり、桃尻を掲げてくる。

「ご主人さまの精液、私たちの中に全部注いでくださいませ……」

長い赤髪のメイドの言葉が終わると同時に、二人がスカートを腰まで捲って下半身を露出させ、自らの指で淫唇を割り広げて秘孔を晒してきた。

大量の精液を注いだ彼女たちの秘孔は、ぽっかりと空いたまま内壁を露わにさせ、コプコプと白粘液の糸をシーツに向かって滴らせていく。

「ご主人さま、早く……。私のお腹の中に、いっぱいにしてください……」

「入れて、あかちゃんできるまで、いっぱいわたしの中に出して……」

二人の淫らな姿に、鎮まりかけた興奮が戻ってきた。

だが、挿入したくてもできない。

エッチの快楽に目覚めた二人の瞳が、獲物を前にした肉食獣のような光を宿し、美貌が淫らで妖しい笑みを浮べている
「ハルくん、今度は一滴も残さないから……」

「ご主人さま、とまらないほど射精をさせて差し上げます……」

まるで性欲の虜のようになったメイドたちの姿に、晴樹は彼女たちの淫部を見つめたまま、怯えるようにたじろいでしまった。

※

「ふぅあッ、んッ……はふッ、はぁはぁ……わたしもう……もうダメ……出して……出してハルくん……早く……早くッ！」

淫らな挿入音がリビングに響く中で、裸エプロン姿の恵莉那は、ソファーに座った晴樹の股間に跨ったまま肢体を上下に動かしていた。

秘孔と膣内は激しく肉幹を締め付けて蠢き、今にも絶頂しそうなほど、震える子宮口が亀頭に吸い付いている。

「いくよ恵莉那。出すからね。いっぱい出して、また溢れ返らせてあげるよっ」

「ふあッ、う、うん……出して……いっぱい出して、お腹の中いっぱいにしてッ！　あかちゃん……あかちゃんできてもいいから、早く出してぇええッ！」

対面座位で彼女を突き上げながら、エプロンを中央に寄せて肉果実を剥き出し、乳輪ごと膨らみ尖っている薄ピンクの乳芽に吸い付いた途端。

「ふぁああッ！　あふッ、あッ……胸までッ……ひゃうッ！　もう、もうダメ……イク……わたし……わたしぃいぃいぃいいいいいいいい────────ッ！」

「そんなに締め付けられたら……くおおおっ！」

プシュッ！　プシュウウウウウウゥゥゥゥゥゥゥゥ…………ッ！

びゅるるッ！　びゅぷッ、びゅるびゅるびゅるびゅるッ！

子宮口突きと、乳芽の刺激まで加えた責めに、金髪美少女が長いツインテールを宙に舞わせながら絶頂した。

彼女の膣に締め付けられたペニスは、強烈な痛痺れに包まれたまま激しく脈動してしまい、搾り取られるように精液を迸らせていく。

「はぁはぁはぁ……またいっぱい……ハルくぅん……」

肢体をビクビクと痙攣硬直させた彼女が、絶頂を終わらせて体重を預けてきた。

熱い肢体は大量の発情汗でヌメ光り、露わになっている桃尻がピクピクと動きながら、もっと射精をさせようと膣内を蠕動させてくる。

「ご主人さま、お食事の用意ができました」

エッチが終わったタイミングを見計らったようにキッチンのドアが開き、裸エプロン姿の藍香が出てきた。

「ご主人さまに喜んでしまうためでしたけれど、さすがにこの恰好でキッチンに立つのは、心もとないと言いますか、恥ずかしいと言いますか……」

大人びた美貌を染めた彼女が、太腿をモジモジと擦り合わせながら食事を持ってきたが、エプロンの胸元には乳芽が浮き上がり、太腿には白い粘液が伝っている。

彼女たちがこんな恰好をしているのは、どうやら先に起きた恵莉那が、裸エプロンで奉仕したことを藍香に話してしまったからみたいだ。

その所為で、「昨日、ご主人さまのメイドになった記念に」という名目で藍香が裸エプロンになったらしいのだが、対抗した恵莉那も同じように服を脱いだようである。

お陰で、起きた早々肢体の魅力に負けた晴樹は、藍香とエッチしたあと、騎乗位のままグッタリとしている恵莉那ともエッチしてしまい、その膣に大量射精をしてしまった。

「ご主人さま。あとで、夜の当番を決めますから、お願いしますね」

食器をテーブルに置いた藍香が、少し恥ずかしそうに笑みを見せてくる。

添い寝の当番。つまり、彼女たちとエッチをする日を決めるということだ。

これからは、好きな彼女たちと心置きなくエッチができる。その喜びに、思わず笑みが零れてしまう。

「なに笑ってるのよ。ほんとにエッチなんだからッ……んっ」

絶頂を終わらせた恵莉那が動き、少し頬を膨らませながらペニスを引き抜いて離れた。

二人専属メイドに納得したとはいえ、やはり、心の中では不服があるらしい。

「そういえば、先ほど、お屋敷のご頭首さまから、このような封筒が届いていました」

そんな恵莉那を横目に、藍香がそっと封筒を手渡してくる。

「なんだろ？」

その恰好でポストに行ってきたのだろうか。と思いながら封筒を開け、中を確認する。

すると【晴樹へ、メイドが二人だけではなにかと不便だろう。新しいメイドを送ることにしたので、この写真の中から選ぶといい】という簡素なメモと、数枚の見合い写真のようなものが入っていた。

「新しいメイドって……」

思わず呟いてしまった言葉に、二人の目が鈍く光った。

（なんか、ヤバイ気が……）

と思いながらも、そっと写真を取り出して見る。

写真には、新たなメイドになる女の子の年齢やスリーサイズ。得意な料理や趣味を含む個人情報が添付されており、じいさんの本気度が分かる代物だった。

「おっ、この子可愛い。それに、こっちの人はすごいセクシーだ」

「そうなのですか？　それはよかったですね、ご主人さま」

「ふ～～ん。そんなに新しいメイドが欲しいんだ」

殺気を感じ、背中に冷たい汗が流れていく。

冷や汗を掻きながら、そっと写真から彼女たちに視線を向けてみれば、藍香だけでなく、恵莉那まで身体の周りの空間を歪めていた。

「ご主人さま、新しいメイドなんて必要ありませんよね」

「わたしとエッチしたあとで、他の女のことなんか考えたら絶対許さないんだからっ」

二人が同時に左右から肉果実を押し付け、ペニスを潰すように握り締めてくる。

美少女メイドに奉仕される日々。

これから紡ぐそんな幸せを考えながらも、晴樹は彼女たちに責められる日々も、同時に想像してしまうのだった。

二次元ドリーム文庫 新刊情報
2D POCKET NOVELS NEW RELEASE

二次元ドリーム文庫 第223弾

妹!妹!!妹!!!

両親の再婚により、三人の妹を抱えることになった俊一。ツンデレの遥、天然なエレン、ヤンデレ（？）な花と、兄への態度は異なる三人だが、その心中には熱い思いが秘められていた！　居間や学園で、妹たちの過激なスキンシップ合戦が始まる!!

5月中旬発売予定!

小説●夜士郎　挿絵●ななろば華

二次元ドリーム文庫 第224弾

マゾってはいけない変態女子寮

思いがけず女子寮の臨時寮長をすることになった洸也。憧れの生徒会長に、生真面目な委員長、スポーツ万能の後輩と美少女ばかりの寮生だが、実は極度のヘンタイばかりだった!?　かくして彼女たちのエッチでタイヘンなお願いに巻き込まれる事に！

5月中旬発売予定!

小説●千夜詠　挿絵●saxasa

二次元ドリーム文庫 第225弾

妹はグラビアアイドル!3

グラドル・梨奈と咲希が再び登場！　今回はアクシデントから弘樹が咲希のマネージャーに!?　だけど彼女にきつくあたる事務所の先輩や、梨奈のヤキモチも気になって…もう大変！　魅力的な身体を誘惑いっぱいに見せつける、水着少女二人の美麗競演!!

5月中旬発売予定!

小説●あらおし悠　挿絵●くく維きゃん

作家&イラストレーター募集!

編集部では作家、イラストレーターを募集しております

プロ・アマ問いません。原稿は郵送、もしくはメールにてお送りください。作品の返却はいたしませんのでご注意ください。なお、採用時にはこちらからご連絡差し上げますので、電話でのお問い合わせはご遠慮ください。

■小説の注意点

①簡単なあらすじも同封して下さい。

②分量は 40000 字以上を目安にお願いします。

■イラストの注意点

①郵送の場合、コピー原稿でも構いません。

②メールで送る場合、データサイズは 5MB 以内にしてください。

E-mail：2d@microgroup.co.jp
〒104-0041 東京都中央区新富1-3-7ヨドコウビル
㈱キルタイムコミュニケーション
二次元ドリーム小説、イラスト投稿係

二次元ドリーム文庫
マスコットキャラクター
ふみこちゃん
イラスト：笹弘

これでも僕はご主人様？
ダブルメイドに板挟み

2012年4月20日　初版発行

著　者　天戸祐輝
発行人　岡田英健
編　集　山田　徹
装　丁　マイクロハウス　クリエイティブ事業部
印刷所　株式会社廣済堂
発　行　株式会社キルタイムコミュニケーション
〒104-0041　東京都中央区新富1-3-7ヨドコウビル
編集部　TEL03-3551-6147／FAX03-3551-6146
販売部　TEL03-3555-3431／FAX03-3551-1208

禁無断転載 ISBN978-4-7992-0234-0 C0193

郵便はがき

恐れ入りますが
50円切手を
お貼りください

1 0 4 0 0 4 1

東京都中央区新富1—3—7ヨドコウビル
株式会社キルタイムコミュニケーション

二次元ドリーム文庫
アンケート係行

フリガナ 氏　名	男・女 年齢　　歳	職業
住所 □□□-□□□□		
◆お買い求めの文庫のタイトルをお書きください		
◆購入いただいた店舗名・サイト名をお書きください		
◆この本を購入した理由と、感想をご自由にお書きください		

※お客様の個人情報は、アンケート集計の際にのみ使用させていただきます。

この度は二次元ドリーム文庫をお買い上げいただきましてありがとうございます

◆本書について当てはまるものに○を付けてください

【表紙イラスト】	1 良い	2 普通	3 悪い
【挿絵イラスト】	1 良い	2 普通	3 悪い
【話の内容】	1 面白い	2 普通	3 つまらない
【総合的な満足度】	1 良い	2 普通	3 悪い

◆本書で一番気に入ったヒロインの名前と理由をご記入ください

ヒロイン名:［　　　　　　］

理由:［　　　　　　］

◆二次元ドリーム文庫で登場して欲しいヒロインの属性を3つまでご記入ください（メイド、お嬢様、女教師、女戦士など）

［　　　　］［　　　　］［　　　　］

◆エッチできるヒロインは何人がいいですか？　当てはまるものに○を付けてください

1　エッチできるヒロインは4人以上がいい

2　エッチできるヒロインは3人がいい

3　エッチできるヒロインは2人がいい

4　エッチできるヒロインは1人がいい

◆主人公（男）は女の子やエッチに対して積極的のほうがいいですか？消極的で受け身のほうがいいですか？　当てはまるものに○を付けてください

1　積極的がいい　　2　どちらかというと積極的

3　どちらでもいい　　4　どちらかというと受け身　　5　受け身がいい

◆主人公（男）の年齢設定はどれくらいが一番グッときますか？年齢をご記入ください

＿＿＿＿歳

◆ヒロインの年齢設定はどれくらいが一番グッときますか？年齢をご記入ください

＿＿＿＿歳